約會大作戰

安可短篇集 3

橘 公司
Koushi Tachibana

Kadokawa Fantastic Novels

彩頁／內文插畫　つなこ

精靈
THE SPIRIT

存在於鄰界，被指定為特殊災害的生命體。發生原因、存在理由皆為不明。現身在這個世界時，會引發空間震，給周圍帶來莫大的災害。再者，其戰鬥能力相當強大。

處置方法1
WAYS OF COPING 1

以武力殲滅精靈。但是如同上文所述，精靈擁有極高的戰鬥能力，所以這個方法相當難以實現。

處置方法2
WAYS OF COPING 2

——與精靈約會，使她迷戀上自己。

安可短篇集3

DATE A LIVE ENCORE 3

SpiritNo.3
Height 157 Three size B85/W59/H87

登臺美九

On StageMIKU

DATE A LIVE ENCORE 3

「……好了，謝謝妳的支持！下一位請上前！」

五河士道一發出聲音，排在隊伍最前端的一名大約是國中生的女孩子便帶著有些緊張的表情踏出腳步，經過士道的面前，站在一名少女前方。

「妳……妳好……」

她發出高八度的聲音如此說完，將微微顫抖的手伸向少女。

於是，少女用雙手溫柔包覆住她的手。

「妳好～～謝謝妳一直以來的支持～～」

說完，少女握著女孩的手莞爾一笑。

那是一名身穿可愛的衣裳，身材高挑的少女。她有著一頭藍紫色長髮以及討人喜愛的臉龐。不過，若問起構成她的要素當中哪一點最令人印象深刻，想必大多數的人都會回答是她的聲音吧。那溫柔地縈繞在耳邊如銀鈴般清澈的聲音，甚至會穿過聽者的鼓膜，令人產生直接滲透心靈般的錯覺。

這也難怪。畢竟她是在日本也擁有最高人氣的偶像明星誘宵美九本人嘛。

士道目前位於大巨蛋型的會場。現在有許多人潮蜂擁而至，排成一條人龍。

沒錯——士道所處的地方正是所謂握手會的會場。

士道今天擔任美九的經紀人……而且，是以所謂「剝除人員」的身分待在這個會場。

對方是自己崇拜的偶像明星，因此歌迷會想盡可能多握一秒鐘。如此一來，當然會出現不聽引導員的指示，超過規定時間也想繼續握手和聊天的歌迷。所謂的剝除人員，就是指將這種歌迷從偶像身邊「剝開」，讓握手會順利進行的人員。

不過，雖說是剝除人員，士道的工作又跟普通的剝除人員有著微妙的差異。

「那……那個，我最喜歡美九的歌了……！」

「真的嗎？呵呵，有這麼可愛的女生支持，人家好開心～」

「咦……！我……我哪有可愛……」

「呵呵呵，妳害羞的表情也很可愛喲～怎麼樣，活動結束後要不要一起去喝個茶——」

「…………！」

士道感覺到危險的氣息，一把抓住女孩子的肩膀，半強制地將她拉離美九。

「好了！謝謝妳的支持！」

說完，士道將女孩子引導到出口的方向。女孩子雖然一瞬間大吃一驚似的睜圓了雙眼，但馬上行了一個禮後離開。

沒錯。士道的工作不是要將快要超過握手時間的歌迷剝開，而是事先防止美九對可愛的女生下手。

「討厭啦～～難得氣氛不錯，太過分了啦～～」

美九一臉不滿地鼓起臉頰。不過，下一個排隊的女生可能又是她喜歡的類型，她立刻露出開朗的表情，主動跟她握手……這次可能又得早點剝開兩人比較好。

士道從剛才起就照這樣子的狀況不斷地在工作。

話雖如此，那也是理所當然的事吧。如今這個會場同時舉辦美九和另一位偶像的握手會，但美九的握手會只有女性歌迷在排隊。

雖然症狀比以前改善了許多，但美九還是沒有完全克服對男性的厭惡感。因此，這次的握手會只限女性歌迷參加。

相反的，去排隔壁偶像攤位的歌迷，男性的比例似乎比較高。

士道不經意望向在隔壁舉辦握手會的偶像。朝倉日依。據說她是個人氣與美九不相上下的偶像天后。

笑咪咪的表情與謙恭的舉止，完全是專業的應對方式。當然，也不會偶爾對女性歌迷送秋波……士道有一點羨慕那邊的工作人員。

「────啊啊～～妳也好可愛呢。方便的話，下次來我家────」

「……！好了，謝謝妳的支持！」

才稍微移開一下視線，美九就想趁機把自己的聯絡方式塞給歌迷。士道慌慌張張地剝開歌迷後，唉聲嘆了一大口氣。

照現在這種情況，前途恐怕堪慮啊。士道有點後悔自己接下了這份工作。

◇

昨天，士道接到美九打來的電話，被叫到市內醫院的某個房間。

「——你就是五河士道？」

剛見面就拋出這句話的是一位腳裹著石膏躺在病床上，年約二十五歲的女性。

「對……我是。」

士道回答她，然後將視線投向站在病床旁的美九。美九察覺到士道的疑問般點了點頭。

「啊，這位是我的經紀人，昴姊。」

「你好，我是美空演藝製作公司的暮林昴。」

「這樣啊……請問妳找我有什麼事嗎？」

士道詢問後，昴便嘆了一口氣。

「我想你看了就知道……我早上發生了一點意外。」

「是。」

「所以，我暫時沒辦法處理經紀人的工作，在我思考必須找人代替的時候……美九就提出了你的名字。」

「什……什麼！」

聽見意想不到的話語，士道發出錯愕的聲音望向美九。然而美九卻只是微微笑。

不過，昴露出有些疑惑的神情窺探士道的臉。

「……我說，五河小弟。我還是姑且問一下，你跟美九究竟是什麼關係？」

「咦！」

「喔喔，這個嘛——」

美九豎起一根手指，打算開口說話。士道本能感受到危險，大聲吶喊：

「我們是朋……朋友！」

「……真的嗎？」

「真的！對吧，美九！」

士道額頭冒出汗水如此說了，美九便露出別有深意的表情回答：「沒錯～～」

「……那就好……因為偶像最怕爆出緋聞。」

「就……就是說啊……」

昴聳著肩說道。於是士道露出乾笑。

「——所以，可以拜託你當臨時經紀人嗎？至少只幫明天一天，我會很感激你……」

「不……不好吧，我有點不方便……」

面對對方突然提出的要求，士道搖了搖頭表示拒絕。然而，昴卻一點也不在意，擅自繼續延續話題：

「明天有個活動，將會決定由哪個偶像來唱世界動漫博覽會的官方形象歌曲。競爭對手是那個朝倉日依，和美九人氣平分秋色的強敵。不過，只要在這場活動勝出，以後就不缺贊助商了！美九絕對不能落選，所以拜託你！明天是星期日，學校也不用上課吧！」

「問題不在這裡！既然這個工作那麼重要，就更不應該找我幫忙吧！難道沒有其他的經紀人可以代替嗎？」

「哈哈哈哈！你要是小看弱小的製作公司，我可就傷腦筋了！公司成員就只有社長、行政人員和我三個！哪來其他的經紀人可以代替啊！」

「這沒什麼好誇耀的吧！」

士道忍不住大聲吶喊。不過話說，他曾經聽美九說過，在她以不露臉的神祕偶像身分開始演藝活動時，為了避免麻煩，盡可能選擇小模規的製作公司，職員少或許是理所當然吧。

「放心吧。我不會叫你做什麼非常專業的事。我希望你做的只有三件事，其中一件當然是讓美九獲勝。」

「不不……這根本超重要的吧。」

「你不需要做什麼特別的事，只要替這孩子打理環境，讓她能展現最棒的演出就好。如此一來，這孩子就會靠自己的實力贏得冠軍。」

昴如此說完，拍了一下美九的背。美九「嘿嘿嘿」地露出得意的微笑。

正當昴想繼續話題的時候，她將視線投向美九。

「——啊，美九，抱歉，妳可以暫時迴避一下嗎？接下來我得讓他好好記住經紀人的一百二十條守則。」

「什麼……！」

「好～～請加油喔～～」

即使士道高聲吶喊，美九仍然揮揮手就此離開。

等到聽不見美九的腳步聲之後，昴才繼續說道：

「抱歉打斷話題。」

「不會……」

士道隱約感覺到昴打算談論的話題並不想讓美九聽到，於是他輕輕搖了搖頭。

「……這種事情，我不想讓美九聽見——那孩子無庸置疑是個天才。老實說，待在我們這種弱小的事務所，太糟蹋她的才華了，因為我們的能力不足也錯失過許多工作。美九明明是個能更加光芒四射的孩子，這一點我覺得很對不起她。」

「暮林小姐……」

「所以，我非得拿下這份工作。如今那孩子答應露臉，我不能錯過這個機會。拜託你，短時間就可以了。請你助我……不對，是助美九一臂之力。」

昴直勾勾地盯著士道，令士道一時之間無話可說。

士道也同樣希望美九能更加大放異采，而且要是冷淡地拒絕，因此惹得美九不高興的話，那才是「大事一件」。士道唉聲嘆了一口氣。

「……只有明天一天喔。」

「！真的嗎！太感恩了！」

昴露出開朗的神情後，握住士道的手上下甩動。

「……然後，事情只說到一半吧。我另外該做的兩件事是什麼？」

「喔喔，對耶。第二件事是……監視美九。」

「監視？」

昴突然說出的話語令人心神不寧，士道不由自主地皺起眉頭。

「沒錯。其實那場活動在上午也會順便舉辦握手會……我希望到時候你能阻止美九對她中意的女孩子做出不得體的舉動。」

「………………啊啊，原來如此。」

士道苦笑著點點頭。

剛才提到的誘宵美九這名偶像其實非常喜歡可愛的女生，在就讀的女校讓她喜歡類型的女生服侍自己。

「……我非常明白了。那麼最後一件事情呢？」

士道詢問後，昴突然露出嚴肅的表情。

「……這件事十分機密，希望你務必要保密……」

「好……好的……」

士道點了點頭後，昴便以沉重的口吻繼續說道：

「……其實，美九好像交男朋友了。」

「噗唔……！」

士道不禁噴出口水。

然而，不知道昴是如何解讀士道的反應，她語帶嘆息地接著說：

「也難怪你會大吃一驚，要是被人發現美九交了男朋友，會是個大醜聞。可是，那孩子毫無防備，害我擔心得要命。在現場也毫不猶豫地達令、達令的一直叫。」

「不……不過，那真的是她的男朋友嗎……？」
「沒有人會對戀人以外的人喊『達令♡』吧。」
「這……這可難說喔。也有可能只是外號……」
「怎麼可能嘛……保險起見，我還是先問一下，你該不會就是那個『達令』……吧？」
昴露出有如殺手的視線瞪向士道。士道臉色蒼白，搖頭否定。
「……我想也是。像你這種平凡的男孩不適合美九。」
「這……這樣啊……」
「啊，如果惹你不開心，我跟你道歉。我說這話並沒有惡意……總之，請你提醒她，別不小心在歌迷或相關人員的面前提到那個達令的話題。這關係到美九的偶像生命，務必謹慎。」
「……我……我會妥善處理。」
士道無力地點點頭。
……該怎麼說呢，士道強烈認為這是世界上最不適合自己的工作了。

◇

「累……累死了……」

握手會後，士道踏著蹣跚的步伐走在會場後方的走廊上。

不過，也難怪他會覺得疲憊，因為美九在握手會中試圖邀請喝茶的歌迷竟然有一百零九名；想要塞聯絡方式的歌迷有七十二名；企圖擁抱的歌迷有四十六名；想在臉頰獻吻的歌迷有八名。士道總共從美九的魔爪中拯救出高達兩百三十五名少女。

當然，士道昨天已經事先向〈拉塔托斯克〉報備他接下了這份工作。由於美九的精神狀態相對穩定，因此〈拉塔托斯克〉將這件事全權交給士道負責，不過……如果這種情況持續下去，恐怕得考慮請求支援。

「呼……總之，在上臺表演之前，先讓我休息一下吧。」

士道走在走廊上思考著這種事情，接著打開休息室的門。結果——

「——哎呀？」

待在房間裡的美九發出這種不慌不忙的聲音，並且回頭望向士道。

「…………！」

士道看見她的模樣後，不由自主地屏住了呼吸。

這也是理所當然的事。因為美九正脫下剛才穿著的服裝，呈現幾乎只穿內衣褲的狀態。

「什麼……！美九，妳這是在幹嘛啊！」

士道滿臉通紅，放聲大喊。然而，美九卻表現出一副不怎麼慌張的模樣，歪了歪頭。

「咦？我在換衣服啊。因為也流了汗嘛，我想說乾脆早點換穿下一套服裝……」

「那妳去更衣室換嘛！在這種地方換，不知道誰隨時會進來吧！」

「沒關係啦～～今天的工作人員都是女生……」

「不是有我在嗎？我！」

大吼到這裡的時候，士道發現自己一直在盯著美九的性感姿態。他赫然抖了一下肩膀，連忙移開視線。

「討厭啦，達令是特別的，用不著在意這種事——」

這時，美九似乎察覺到什麼事情，突然止住了話語。然後……

「嗚嗚，被男人看見我冰清玉潔的肌膚了，人家嫁不出去了啦～～」

這次則是用極其死板的語調說出這句話。

「什麼……！」

很顯然跟剛才說的話完全相反。士道整張臉冒出汗水。

「一切都完蛋了，美九的身體已經不再純潔～～」

「喂，妳……」

當士道手足無措的時候，美九突然拉起他的手，然後半強迫地逼他坐在旁邊的沙發上。

「喂……喂……」

「所以，你會……負起責任吧？」

美九跨坐在士道的大腿上不讓他逃走。

「美九……！」

微微的香水味和汗味刺激著士道的鼻腔，令士道滿臉通紅。

「喂，要是被人看見這個畫面，該怎麼辦啊……！」

「呵呵呵，到時候就叫媒體過來，公開發表交往宣言吧～」

「這怎麼可以啊……！總……總之，妳先起來！好嗎！」

「這個嘛，那麼如果你答應實現人家任何一個願望，我就考慮看看。」

「任……任何一個願望，範圍也太廣了吧……！」

士道發出高八度音大聲吶喊後，美九便露出惡作劇般的微笑，雙手環繞士道的脖子。

「噫……！我……我答應妳！我答應妳就是了啦！」

「真的嗎？那麼——」

這個時候……

就在美九打算繼續說下去的瞬間，有人打開休息室的門，一名穿著可愛衣裳的少女隨後走進了房間。

年紀大概跟士道差不多，看似柔順的頭髮上夾著一個代表她正字標記的太陽圖案髮飾。

那張臉似曾相識——是剛才在美九隔壁攤位舉辦握手會的偶像，朝倉日依。

「辛苦了——」

日依說出這句話，正想點頭打招呼的時候，頓時停下動作。

「……！美九！」

「哎呀？」

士道急忙讓美九站起身之後，向日依解釋：

「日……日依小姐！妳誤會了，這是美九開的玩笑……」

「…………」

日依呆若木雞地佇立在原地一陣子後，瞥了美九一眼，恍然大悟般用鼻子哼了一聲。

「原來如此……你還真是辛苦呢，經紀人先生。用不著擔心，我會當作沒看到。」

「謝……謝謝……」

士道低頭道謝。

不過，這個時候，日依的視線已經沒有停留在士道身上。她望向美九，露出憤恨的表情。

「……誘宵……美九小姐。」

「啊，這不是日依小姐嗎～～呵呵呵，人家可能是第一次像這樣跟妳見面呢。我在電視上看到妳精彩的表現嘍～～一直很想見見妳呢～～」

美九表現出一副沒有察覺到日依敵意的樣子朝她走去。不過，日依迅速閃開身子，一臉不悅地皺起眉頭。

「我可不想見妳。」

「哎呀？」

美九一臉納悶地歪了歪頭。

「人家有做出什麼惹妳討厭的事嗎？」

美九如此說道，露出困惑的表情後，日依便咬牙切齒。

「當然有啊！妳太小看偶像這份職業了！」

然後突然高聲怒吼，露出銳利的眼神。

「咦？人家沒有這樣想呀……」

「還敢說……！我老早就聽說妳各種不好的傳聞了，今天見到本人，我更加確定妳根本沒有資格自稱是偶像！」

日依大聲吶喊，豎起手指狠狠指向美九。不過，美九完全沒受到打擊的樣子，只是「哎呀」一聲，慢悠悠地瞪大了雙眼。

「……那個，不好的傳聞是指？」

士道提出疑問後，日依便垂下眼眸深深點了點頭。

「例如硬是把Live House的工作人員全部換成女性，或是從去參加祕密演唱會的觀眾當中選出喜歡的女生帶回家！甚至還對經紀人下手，種種惡劣的行徑根本不配當偶像！太荒謬了！」

「…………」

士道雖然想反駁她捍衛美九的名譽，但很可悲地，他一句話也說不出來。

「再說！明明是偶像卻不露臉，是想怎樣啊！妳懂偶像這個字的意思嗎！就是讓人崇拜的對象！偶像不是唱唱歌就沒事了！她的身體！存在！都得擔負起偶像的責任！」

「咦～～可是人家現在已經有露臉了呀……」

「這一點我又更看不過去了啦——！這個人一定也有什麼不得已的苦衷吧……我曾經這麼以為的心情，妳要怎麼賠償我啊！」

「不……不是啦，這件事情美九確實有她的苦衷……」

士道話都還沒說完，日依就「砰砰！」地用力拍打桌面繼續說道：

「妳這個人從頭到腳都漫不經心、悠悠哉哉！露臉就露臉，連表演都完全抄襲別人！妳身為偶像的責任感！自尊心！覺悟都不足！啊啊，為什麼我的唱片銷售量沒辦法贏過這種人啊！」

日依抱著頭發出至今為止最宏亮的聲音。

這時，士道輕輕皺起眉頭，因為他很在意日依說的某句話。

「表演完全抄襲別人……？這是什麼意思——」

「總之！我等今天能跟妳正面對決等很久了！我要打趴妳！」

然而，日依卻一副完全沒聽到士道說話的模樣，再次豎起手指狠狠指向美九。順帶一提，美九則是拍了拍手，彷彿十分佩服日依熱烈的演說。

「呵呵呵，人家也很期待能跟日依小姐同臺唱歌喲。因為妳是現在所有偶像當中，人家最欣賞的一個。」

聽見美九說的話，日依臭著一張臉。

「……！胡說八道……！」

「人家是說真的呀～我有妳全部的唱片，也曾經私底下去看妳的演唱會喲。妳唱歌跳舞還有給歌迷的福利全都是一流的，很棒呢～」

「妳誇獎我也沒用——」

「可是～」

美九豎起一根手指，放到嘴脣前。

「人家也覺得日依小姐妳有點太過完美了呢……我沒打算否定妳想追求完美的心情，但妳是不是太勉強自己了呢？人家不會叫妳放鬆心情，但自由自在地唱歌比較開心，我想也會更添加妳的魅力喲～」

「請妳不要說得那麼隨便！我的歌迷都是為了看我完美的表演而來！我怎麼能辜負他們！」

日依握緊拳頭大聲吶喊。於是，美九露出愁眉苦臉的表情，像是陷入沉思般發出「唔……」的輕聲呻吟。

「該怎麼說呢……人家覺得妳可以再更相信歌迷一點喲。大家不會因為妳一點小小的失敗就離開妳的。妳看起來好像很害怕妳的歌迷呢。」

「……！妳說什麼……！」

日依似乎無法忍受這句話，她的臉宛如沸騰一般逐漸漲紅。

不過，美九卻表現出一副完全不在意的模樣，數秒後像是想起什麼主意似的捶了一下手心。

「啊，對了！這麼做如何？人家答應妳，不管發生什麼事都會是妳的歌迷，所以妳再更自由自在地——」

「開什麼玩笑啊！」

日依以至今不曾有過的粗暴語氣高聲怒吼，以拳頭用力敲打桌面。

「——我會在舞臺上讓妳見識見識，誰才適合當真正的偶像……！」

然後留下這句話後，離開了休息室。

門「砰！」一聲被粗暴地關上，短時間內房裡鴉雀無聲。

「……好大的火氣呢。」

「是啊，好像颱風過境一樣呢～」

美九以若無其事的語氣說道。看見她的態度，士道不禁露出苦笑。

「話說回來……還真稀奇呢。妳竟然會插嘴管別人的閒事。」

士道表示疑問後，美九似乎也自覺到了這一點，聳了聳肩後搔著臉頰說：

「嗯……總覺得沒辦法放下她不管呢……因為日依小姐實在太像了。」

「太像？像誰？」

「──以前的我。」

說完，美九感觸良多地嘆了一口氣。

「那孩子簡直跟『月乃』時期的我一模一樣。感覺她如果繼續那樣下去，似乎會把自己逼上絕路──」

沒錯，美九過去曾經以「宵待月乃」這個名字進行偶像活動。雖然不像現在那麼火紅，但是腳踏實地累積工作經驗，每天過著充實的日子。

不過，當時有人故意捏造她的醜聞，導致歌迷不再支持她，因精神壓力過大而失聲，甚至一度想尋死。

「所以，人家才稍微多管了一下閒事。不過──」

美九吐了一口氣。

「人家沒辦法像達令你一樣呢。達令果然很厲害～～」

「咦？」

聽見意想不到的話，士道偏了偏頭。於是，美九「呵呵」兩聲露出微笑。

「討厭啦，你忘記了嗎？人家對日依小姐說的話，跟達令當初對人家說的話一樣喲。」

「啊……」

聽美九這麼一說，士道瞪大了雙眼。還真的是這樣呢。

由於美九說得太過自然，士道並沒有發現，不過那確實是士道曾經對美九說過的話。

「人家因為那些話得到了救贖。因為有達令你在我的身邊，才會有現在的我。」

「呃……」

當面聽別人對自己說出這種話，有點難為情呢。於是士道改變話題：

「對……對了，美九，妳有這麼多歌迷，其中總該有人知道『月乃』時期的妳吧？」

「不，我想應該沒有喔～～」

「？是嗎？」

士道歪著脖子表示疑問，美九便豎起一根手指說明：

「人家為了消除過去的自己，一直在歌聲中加入靈力，讓聽了那首歌的人對『宵待月乃』的存在沒什麼印象。」

「啊啊……原來如此啊。」

「雖然現在人家的靈力被封印住，但如果沒什麼契機，我想不會有人想起來。所以，不用擔心會被罵賤女人。」

美九打趣似的說道。於是，士道赫然抖了一下肩膀。

「抱……抱歉，我不是這個意思——」

「呵呵呵，人家知道啦。」

美九看著士道，露出微笑後，原地轉了一圈，將手扠在腰上。

「好了，那麼人家也該去準備了。雖然我對日依小姐說的真正的偶像沒興趣，但畢竟是達令難得站在特等席看我表演的珍貴舞臺——」

說完，美九伸出食指和大拇指比出手槍的樣子，做出射穿士道心臟的手勢。

「達令，人家會讓你重新愛上我。」

她的姿態帥氣得即使不用站上舞臺也能奪去士道的心。

◇

——數十分鐘後，巨蛋裡充滿了狂熱的氣氛。

這也難怪。畢竟是誘宵美九和朝倉日依，人氣平分秋色的兩大偶像明星正面對決。

待會兒美九和日依將依序演出。然後，評審和觀眾會在舞臺上進行評分。實際上，雙方歌迷為了讓自己支持的偶像多少占一點優勢，拚命地搶票。

不過，美九本人似乎沒那麼幹勁十足。

「那麼，人家上臺嘍～～」

美九揮著手從舞臺側邊走上尚未亮燈的舞臺，站到定點準備好。從她的舉止感受不到緊張或壓力這類的情緒。

——接著，聚光燈隨即照射在舞臺中央，美九的表演開始了。

『————————！』

美九澄澈的聲音隨著流麗的曲調響徹整個會場。聽見她出色的歌聲，全場熱烈歡騰。

士道在舞臺側邊這個特等席觀看這幅情景，不禁屏住呼吸。

「……果然很厲害呢。」

站在舞臺上握住麥克風。光是這樣，美九便從悠哉從容的大小姐搖身一變為偶像明星。美九開始歌唱的瞬間，士道甚至有種在看著別人演唱的感覺。

簡直是名副其實的歌姬，擁有壓倒性的存在感。自己的歌迷自然不用說，連理應占了會場近半數的日依的歌迷都目不轉睛地盯著她。

就在這個時候……

「……嗯？」

士道察覺到有除了自己以外的人來到了舞臺側邊。是朝倉日依。

日依似乎沒有發現先行到來的士道，臉頰垂著汗水注視著在舞臺上表演的美九。

「……好精彩。不過，我還是……」

然後自言自語般低聲細語。

「非贏……不可……我不能……輸給那種人——」

「朝倉小姐？」

「……！」

士道出聲呼喚後，日依便抖了一下肩膀。

「你……你是……美九小姐的經紀人……？」

「啊……對。我是臨時經紀人五河。」

就算強調「臨時」，日依也沒表現出太大的興趣，將視線移回美九身上。

不對——應該說，日依看起來沒有餘裕搭理士道。美九的歌聲、一舉手一投足都吸引住她的耳朵及目光。她搞不好是這個會場中最專注欣賞美九舞臺表演的人。

——日依沒有移開視線，輕啟雙脣：

「……老天爺真是不公平呢。竟然給那種不認真又隨便的人如此厲害的才能。」

「咦？妳誤會了，美九才不隨便……」

「沒關係啦，我不會告訴別人。我知道你吃過很多苦頭。」

「這個嘛，我……呃……」

被她這麼一說，士道不知道該怎麼回答，支支吾吾地說不出話來。

日依直勾勾地凝視著在舞臺上表演的美九，握緊拳頭。

「——我絕對不能輸。因為偶像……必須完美無缺。」

「……咦？」

聽見日依微微顫抖的聲音，士道皺起眉頭望向她。

日依凝視著在舞臺上表演的美九，臉龐確實表現出緊張和焦躁。

當然，是因為接下來就必須換自己站上那個舞臺表演。就算是經驗再怎麼豐富的偶像，也還是會緊張吧。不過，看見日依臉龐的瞬間，士道的腦海裡浮現美九剛才所說的話。

（感覺她如果繼續那樣下去，似乎會把自己逼上絕路——）

現在從舞臺側邊盯著美九表演的日依看起來只像個快被緊張壓垮的孩子。

「為什麼……」

「——咦？」

「為什麼，妳那麼堅持……追求完美呢？」

士道說完，日依瞥了士道一眼又移回視線。

「……是美九小姐叫你來問我的嗎？」

「不，並不是這樣……我只是覺得妳對偶像的定義要求很嚴格……」

「…………」

日依沉默了一會兒後，吐了一口氣。

「……我曾經很喜歡一個偶像。她當時才剛出道，不是那麼有名，但聲音非常動聽……她唱的歌曲讓人光聽就感到心情雀躍……套句老話，她曾經是我的憧憬。」

「這樣啊。」

士道隨口附和後，日依便點了點頭回答：「沒錯。」接著繼續說道：

「明明只和我差一歲，卻能用歌聲振奮許多人的心，我很佩服她。那就是我為什麼想當偶像的原因。」

「……那個偶像，該不會是超級完美主義者吧？」

「不是，反而相反。」

「相反？」

士道歪了歪頭表示疑惑，日依便露出遙想過去的眼神，開啟雙脣：

「……那個人發生了許多醜聞，歌迷都不再支持她，她就自殺了。」

「咦——」

聽見日依突然說出的情報，士道不由自主地瞪大了雙眼。

「現在回想起來，當初週刊雜誌上面寫的內容並不一定是真的。可是，因為一個不確定的八卦消息就輕易毀掉前途似錦的新人偶像。她的歌聲貨真價實，如果沒發生那種事，現在整個日本肯定都會為她的歌聲瘋狂。」

日依心有不甘地緊咬雙脣，握緊拳頭。她的表情染上了絕對不能讓歌迷看見的憎惡之色。或許她自己也察覺到了這一點，她放鬆全身的力氣。

「……所以，我絕不能犯錯。『偶像』不是歌唱實力一流、舞技高超，更不是只要長得比別人漂亮就能當的。不能有任何缺點，就算有也不能被人發現，整個存在都必須光彩奪目才行。」

「日依小姐……」

聽見日依過於悲痛的覺悟，士道不禁屏住了呼吸。

他認為日依的決心並非只是因為「崇拜過的偶像因鬧出醜聞失敗，自己也得以此為警惕」……這種單純的理由。

她要讓在花朵綻放前摘下花蕾的人們見識原本應該能燦爛盛開的大花朵。士道強烈感受到她的表情流露出這種帶有復仇的情感。

「……我不能在這種地方原地踏步，我絕對不能輸給那種冒牌貨。」

「咦……？」

聽見日依說出來的話，士道疑惑地歪了頭。不過仔細回想過後，發現日依剛才在休息室裡也說過類似的話，說美九的表演完全都是抄襲別人。

「這句話，是什麼意思？」

士道說完，日依再次以帶有恨意的眼神望著美九，開口說道：

「美九小姐的表演……跟我剛才提到的偶像——宵待月乃很像。不對……不是很像，根本是一模一樣……不論是身為一名偶像還是那個人的歌迷，我都無法容許。」

「咦……怎……怎麼這樣——」

聽見日依說的話，士道發出顫抖的聲音。

士道明白美九有多麼熱愛唱歌，他一時之間無法相信美九會去模仿別人的表演。不過，日依看起來也不像在說謊或胡說八道。難不成，美九真的——

「…………嗯？」

就在這個時候，士道歪了歪頭。

日依所說的偶像名字感覺好耳熟啊。

「……那個，日依小姐。」

「什麼事？」

「你剛才該不會……說了宵待月乃吧？」

士道小心翼翼地詢問後，日依便驚訝得瞪大雙眼。

「你知道她嗎？真令人開心，竟然有人還記得她。」

「不，應該說……」

士道搔了搔冒出汗水的臉頰後，指向舞臺的方向。

「……她現在就在那裡唱歌跳舞。」

「咦？」

日依發出錯愕的聲音，露出目瞪口呆的表情。

過了一會兒，日依數次來回望向臺上的美九和士道的臉，赫然屏住了呼吸。

然後露出一副現在才發現事實的模樣，驚愕得皺起臉。

「咦，啊……啊……啊啊啊啊啊啊！」

看樣子，她似乎也中了美九歌聲中隱含的暗示。因為士道點出這一點，她才終於察覺兩人是同一個人。

「咦？咦……？呃，可是，月乃小姐不是自殺了嗎……」

「那個，她是自殺未遂。」

「美九小姐模仿月乃小姐的表演……」

「不是，與其說是模仿，不如說她就是本人……」

「……………」

日依的臉一下子失去了血色。

「怎……怎……怎麼會這樣啊啊啊！」

——在日依大聲吶喊的瞬間，美九的表演宣告結束，會場響起如雷貫耳的掌聲。

◇

『——好，那麼接下來有請朝倉日依小姐上臺！』

主持人的聲音從擴音器傳來的同時，會場掀起熱烈的掌聲和呼喊日依名字的口號。緊接著，觀眾席上接二連三亮起螢光棒。

「——達令你是第一次看日依小姐表演吧？呵呵呵，很精彩喲。不過，歌唱實力是人家比較優秀就是了～」

回到舞臺側邊的美九用毛巾擦拭著汗水對士道說。不過，士道無心回答，隨便敷衍：

「嗯……嗯嗯……對啊。」

「？你怎麼了嗎？」

「沒有啦，有點事……」

士道神情緊張地凝視著舞臺上的日依。

歌曲開始播放，日依的歌聲迴蕩整個會場。她那落落大方的態度正是偶像的風範。

不過──

「……啊！」

美九大叫一聲。因為日依在唱歌的途中看了美九一眼，隨後彷彿內心產生動搖似的抖了一下，中斷了歌聲。

雖然她露出焦急的模樣試圖再次跟上節奏演唱，卻絆到了腳，當場跌坐在地。面對這出乎意料的事態，會場充滿了騷動。

「日……日依小姐是怎麼回事，真不像她會犯的錯……」

「…………」

美九憂心忡忡地凝視著日依，而士道則是臉頰流下了汗水。

……該怎麼說呢，關於日依的動搖，士道完全心裡有數。

雖然日依察覺到自己崇拜過的偶像真面目，但或許沒必要在她即將登臺表演的時間點告訴她。事到如今，士道才對自己的行為有多麼魯莽感到後悔。

若是把重點放在讓美九獲勝這一點，身為經紀人，士道的行為或許是正確的。不過，美九不可能對這樣的勝利感到滿足，士道本身也希望日依能呈現出最精彩的表演。必須想辦法解決這個難堪的處境才行……！

美九不知是否察覺到了士道的心思，她慌慌張張地來回望向日依和士道。

「啊……啊啊，不行啦～～日依小姐，妳怎麼可以愣在那裡，得快點站起來才行……！沒什麼好擔心的，大家不會因為這點小事就討厭妳！」

美九感同身受地驚慌失措，十指交握放在胸前祈禱。

「……！美九！」

聽見美九說出口的話，士道瞪大了雙眼。

「妳在休息室說過吧？說不管發生什麼事，自己都會是日依小姐的歌迷。那是真心的嗎？」

「咦？嗯，當然是真心的呀～～」

美九毫不猶豫地點頭稱是。聽見她的回答，士道用力地點了點頭。

「那麼，妳再對她說一次那句話。我想——現在能拯救日依小姐的，就只有妳了。」

「咦？可是，她對我……」

美九一臉納悶地皺起眉頭，但她似乎察覺到士道並不是因為開玩笑或胡言亂語才說出這種話，只見她立刻點了點頭，轉身面對舞臺後，吸了一大口氣。

「啊……啊啊……」

日依懷抱著絕望的心情癱坐在舞臺上。

致命性的失態。她在偶像最應該大放異采的地方表現出這種醜態。她的視野扭曲、心跳加速，腦袋一片混亂──

「──日依小～～～姐！加油啊～～～～～～！」

「咦──？」

冷不防地……

一道宏亮的聲音響徹陷入騷動的會場，日依發出呆愣的聲音。

不過，她馬上便認出那道聲音的主人是誰。答案是美九。美九在舞臺側邊看著舞臺上的日依，即使不用麥克風，聲音仍然傳到日依的耳裡。

「美九……小──姐……」

日依再次望向舞臺側邊。她一直以來崇拜的偶像宵待月乃的身影就在那裡。聲音、外貌都殘留著日依記憶中月乃的影子。為什麼她以往都沒有發現呢？

月乃現在正看著日依，為日依加油打氣。

這件事讓日依開心得都要流下眼淚。

——回想起來……

美九在休息室說的話簡直說到了日依的心坎裡。

日依得知月乃悲慘地迎向死亡，從此便立志當個十全十美的偶像，由於太過追求完美，漸漸將自己束縛得愈來愈緊。

理應樂在其中的工作變成連續不斷的義務，而觀眾的眼睛也變成監視人員的眼光。不知不覺間，連自己為何歌唱以及想當偶像的初衷都變得模糊不清了。

「啊……啊——」

不過——啊，對了。日依總算想起來了。

自己是為了想讓那個人——讓宵待月乃聽自己唱歌，才參加選秀會；為了想站在那個人的身邊，才一路練習歌唱跳舞至今；為了繼承那個人的遺志，才想變得出名。

——日依想起美九在休息室裡說的話。對美九來說，可能只是玩笑話或信口開河。但那個宵待月乃對日依說了——不管發生什麼事，都會是日依的歌迷。

——既然如此，日依便無所畏懼。

就在日依試圖站起來的瞬間，觀眾席上有如草原擴展開來的螢光棒宛如被美九的聲援打動一般，開始規律地搖晃，接著熱烈呼喚日依名字的口號聲響徹整個會場。

「……！大……家——」

日依不由自主地發出聲音。

沒錯。位於日依眼前的，不是一群冷靜透徹的監視人員，而是期盼日依歌聲的歌迷。直到剛才，日依都遺忘了如此簡單的事情。

——這種女人，還敢談論什麼是真正的偶像，未免太大言不慚了。日依回想起自己剛才的言行舉止，發出輕笑。

自己終於站上了起點。不對，是終於能夠回到原點。

「那麼——就獻上現在的我最精彩的表演吧！」

日依重新握好麥克風後，舞臺上響起她的歌聲。

『——那麼，現在公布評審結果。』

在日依的舞臺表演獲得滿堂彩落幕之後，大約過了十分鐘。美九和日依並肩站著的舞臺上響起主持人的廣播聲。

『演唱世界動漫博覽會形象歌曲的歌手是——』

在數秒的鼓聲之後，聚光燈啪的一聲照射在美九身上。

『對決的結果，決定由誘宵美九小姐來演唱！』

於是那一瞬間，觀眾席響起熱烈的歡呼和掌聲。

『非常恭喜妳，美九小姐。請發表一下妳現在的心情。』

『呵呵呵，謝謝各位的支持～～人家好開心喲～～』

主持人將花束交到美九的手上後，美九笑咪咪地對觀眾席輕輕揮手。可能是看到美九的舉動，觀眾席再次掀起熱烈的歡呼聲。

「贏了……啊。」

士道從舞臺側邊看著這幅光景，吐出安心的氣息。

總之，他達成了身為一個經紀人最重要的工作。而且——

「…………」

看見站在美九身旁的日依的臉，士道嘴角綻放出笑容。她的表情看起來洋溢著以往不曾見過的滿足感，並且染上了純粹的祝福之色。

『——那麼，現在要告訴大家一個好消息！』

就在這個時候，舞臺上的主持人轉過身，舉起手指向舞臺上的裝置。然後，裝設在臺上的螢幕便播映出聲光效果豐富的影片。

『事不宜遲，下星期日將舉辦世界動漫博覽會形象歌曲演唱歌手出爐的紀念活動！表演的歌手當然就是剛才奪下優勝的——誘宵美九小姐！』

主持人高聲宣布的瞬間，觀眾席被更熱烈的歡呼聲包圍。

「……嗯？」

可是，士道看著這幅光景，一臉納悶地皺起眉頭。

因為在主持人如此宣告的瞬間，感覺美九的臉抽動了一下，表情變了。

『——請等一下，你說下個星期日嗎？』

『咦？對，是啊……』

『人家沒有聽說這件事耶～』

『沒有啦，因為這畢竟是驚喜活動嘛。不過，大會應該已經事先請事務所空下行程了……』

『…………』

美九沉默了一會兒後，突然搶走主持人的麥克風，高聲宣言：

『各位！人家有一個請求！你們願意聽人家說嗎？』

美九說完，歌迷們便以有如地鳴的熱烈聲援聲回答：「願意！」

『人家也希望有投票權。人家想把自己得到的分數全部獻給日依小姐！』

觀客席上充滿了支持美九提議的聲援聲、難以判斷她有何意圖的騷動聲，以及希望日依在世界動漫博覽會演唱的歌迷的吶喊聲。主持人因為美九出乎意料的發言而慌了手腳。

不過，美九毫不在意地走向目瞪口呆的日依。

『——日依小姐，妳的表演非常精彩喲。』

『咦？月——不對，是美九小姐，我……那個……』

『妳願意答應人家的請求嗎？』

日依雖然對突如其來的事態感到不知所措，但聽見美九溫柔地這麼對她說後，便用力地點了點頭。

『謝謝妳。』

美九莞爾一笑，將手裡拿著的花遞給日依——並且直接在日依的臉頰上親了一下。

『哇唔啊……！』

日依萬萬沒想到會發生這種事情吧，只見她發出驚愕的聲音，滿臉通紅地頹倒在地。會場響起莫名其妙的熱烈歡呼聲。

「喂……喂，美九……！」

有點太超過了吧。士道大聲制止美九。

不過，美九毫不在意地投下今天最大的震撼彈。

『呵呵呵，人家跟——達令，都很期待日依小姐的活躍喲。』

◇

「這是怎麼回事啊——！」

幾經波折的活動結束後，士道戰戰兢兢地回到醫院，迎接他的果不其然就是暴跳如雷的美九經紀人——昴。

「喂！請妳冷靜一點啦，暮林小姐……！」

「你要我怎麼冷靜啊！讓美九獲勝！別讓美九對女孩子亂來！別讓美九談論男生的話題！你沒有一件辦成功的！」

昴用力搖晃士道的脖子一陣子後，發出「唉————」的長嘆聲。

「……對不起，我失去理智了。明知道百分之百是美九的錯……還如此追究你的責任，對你太嚴厲了……」

「不……不會……我才覺得很對不起妳……」

士道說完，昴放開士道的脖子，再次嘆了一大口氣。

「總之……謝謝你的幫忙。這件事，我會想辦法解決……」

「有辦法……解決嗎？」

士道小心翼翼地詢問後，昂便鬱鬱寡歡地點了點頭。

「只能盡全力去做了。首先關於演唱世界動漫博覽會形象主題曲這件事，應該是無法挽救了。這確實是個大好機會沒錯，但美九就算沒接到這份工作也能夠大紅大紫。把勝利讓給朝倉日依，反而是一段佳話，就算了吧。」

「說……說的也是呢。」

「而親吻臉頰這件事……只要對方沒來抱怨，我想應該不會有太大的問題。就當作是炒作有點刺激的百合賣點。」

「……原……原來如此。可是——」

士道開口後，昂像是察覺他內心的想法似的點了點頭。

「……最大的問題在於達令的事。以前美九在天央祭舞臺喊出達令的時候，我把氣氛營造成達令就等於是各位觀眾，想辦法蒙混過去了，不過……這次恐怕有點困難……」

「該……該怎麼辦才好呢？」

「……最壞的打算，就是讓她養隻叫作『達令』的小狗一起上電視，介紹那是她養的迷你臘腸犬，叫作『達令』。」

「……這樣有辦法蒙混過去嗎？」

「只能這麼做了。」

昴無奈地聳了聳肩。該怎麼說呢，真是一名可靠的女性。

「抱歉麻煩你那麼多事，五河小弟。報酬我之後會匯進你的戶頭。」

「不會……不好意思，沒幫上什麼忙。」

「別在意。希望你別嚇到，繼續和美九當好朋友。因為那孩子沒有其他男生朋友。」

「啊……啊哈哈……我知道了。」

就在士道打算離開病房的時候，背後傳來制止的聲音。

「對了，五河小弟，我記得你是就讀來禪高中吧？」

「咦？對，沒錯……」

士道回答後，昴朝放置在病床旁的架子伸出手，拿起一張照片給士道看。

「其實，美九手上的照片拍到了一個可愛的女孩子。從制服看來好像是來禪高中的，你有看過她嗎？如果她願意，我想請她來我們事務所當模特兒……」

「這樣啊……」

來禪聚集了十香、折紙、八舞姊妹等多位美少女，大概是相中了她們其中某一位吧。如果是折紙倒還無所謂，要是傳進十香或八舞姊妹耳裡，好像又會引起麻煩事……士道一邊這麼想一邊探頭看照片。

「……！」

然而，看見上頭拍到的意想不到的人物，士道僵住了身體。

那是一名頭髮夾著四葉幸運草形狀的髮飾，身材高挑的少女。五官有些中性，缺乏自信彎起的眉毛是她最大的特徵。

要是問士道對這張臉有沒有印象，答案是肯定的。

那名少女的名字叫五河士織。沒錯……和美九並肩拍照的，是依照琴里的指示被迫穿上女裝的士道身影。

「怎麼樣？你有看過她嗎？她的名字好像叫作士織，美九只願意告訴我這一點資訊。這孩子很有潛力，只要經過琢磨，會是一顆閃閃發亮的鑽石。讓她拍一次泳裝寫真，我想所有人都會被她迷倒。啊，如果她會唱歌的話，走偶像路線來捧也不錯——」

「沒……沒有，我沒看過她……」

士道滿頭大汗，發出沙啞的聲音如此回答後，一溜煙地逃離了病房。

「啊，你們聊完了嗎？」

在病房前等待的美九發出與昴呈現對比的悠閒聲音。

「嗯……我被罵得狗血淋頭呢。」

「啊哈哈，昴姊真是的，真愛瞎操心呢～」

「…………」

雖然士道認為只是美九太過天不怕地不怕了，但他還是姑且保持沉默。

「……對了，美九。」

「什麼事？怎麼了嗎？」

「妳好不容易獲得優勝，為什麼要把勝利讓給日依小姐呢？要是拿下那份工作，妳的活躍就能被更多人看見，不是嗎？」

「嗯……因為人家覺得那個工作比較適合日依小姐。如果是那個人，肯定會表現得更加完美。而且……」

「而且什麼？」

士道歪了歪頭，美九便「呵呵呵」地露出微笑。

「——下個星期日，附近的神社有舉辦秋季慶典喲。」

「咦？」

聽見美九說的話，士道將眼睛瞪得圓滾滾的。

「妳……妳就為了這種事？慶典什麼的，其他神社也有舉辦吧！」

「不行啦，那間神社祭拜的是月老，聽說在秋季慶典時去參拜的情侶一定會永結同心。」

「……咦？」

「你說會答應人家任何一個願望吧？」

「啊……」

……這麼說來，士道好像有說過這種話。他發出傻里傻氣的聲音。

或許是看見士道這副表情，美九莞爾一笑，豎起小拇指。

「——你當然會邀人家去約會吧，達令？」

懲罰士織

PenaltySHIORI

DATE A LIVE ENCORE 3

「那麼，我來跟大家介紹一位特別旁聽生。進來吧。」

「……好……好的。」

聽從小珠老師的呼喚，五河士織表現出一副放棄掙扎的模樣，嘆了一口氣後走進教室。

她是一名長髮上夾著四葉幸運草形狀的髮夾，身材高挑的「少女」。化著淡妝的臉龐散發出一種尚未變聲的少年般妖媚的性感，讓人感受到一股吸引目光的奇特魅力。

不過，現在她的表情因不安而皺在一起，從針織衫袖子露出的雙手像是要按住每次走路就不可靠地搖來晃去的裙襬般，固定在下方。

「…………！」

在士織進入教室的同時，班上充滿了吵嚷聲。

士織一瞬間還以為「被發現了」，然而——並非如此。所有人的表情雖然都染上驚訝之色，但似乎並沒有發現士織的真面目。

尤其是亞衣、麻衣、美衣還有殿町，對士織的登場感到十分吃驚。這也難怪。因為今天並不是士織第一次現身在他們面前。

「好了，那麼士織同學，請妳自我介紹一下吧。」

說完，小珠老師催促士織在黑板上寫下自己的名字。

士織拿起粉筆後背對所有人，用左手壓住裙襬，在黑板上寫下自己的名字。

「我……我叫五河士織，是五河士道的堂妹。雖然時間不長，還是請各位多多指教……」

士織用透過變聲器發出的可愛聲音如此說完，鞠了一個躬。於是，教室裡響起同學們熱烈的掌聲。

不過——她立刻察覺到不對勁。

因為她聽見「啪啪啪啪」的掌聲當中摻雜著「喀嚓喀嚓」的機械聲。

「嗯……？折……折紙……同學！」

士織抬起頭後，發現原本應該坐在靠窗位子的同班同學鳶一折紙竟在不知不覺間出現在他眼前，面不改色地拿著一台小型照相機拍攝士織。

「鳶……鳶一同學？妳在幹什麼啊？乖乖回座位……」

「老師，請妳不要妨礙我，人生苦短。」

「什……什麼……？」

即使小珠老師出言警告，折紙仍然沒有停止。她從左右方不停將士織的倩影納入照片裡。

「等一下……那個……！」

「不要害怕，交給我，敞開妳的心胸。」

即使士織用手遮住臉，折紙仍毫不理會，繼續按下快門。於是，在傳來「喀鏘」一聲椅子倒下的聲音後，十香立刻擋在折紙和士織中間。

「喂，鳶一折紙！妳沒看到士道……不是，是女同學不喜歡這樣嗎！」

「跟妳無關，讓開。士織難得的美照會拍到髒東西。」

「妳……妳說什麼！」

十香和折紙又跟往常一樣開始拌嘴。不過，折紙照相機的鏡頭依然筆直朝向士織，持續響起喀嚓喀嚓的快門聲。

「不要……！」

怎麼能繼續讓這副模樣留下紀錄啊。士織扭動著身軀避開鏡頭，同時對造成這種局面的原因——昨天輕率的發言感到後悔。

◇

「喂——琴里，妳還沒好嗎？」

昨天，整理好準備出門的士道在自家玄關高聲吶喊。

由於昨天是星期日，士道決定久違地跟琴里兩人出門上街，不過……琴里卻準備得特別慢。

「嗯！再等我一下！」

琴里的聲音從家裡深處傳來。然而，聽她說再等一下之後，已經過了數分鐘，琴里還是沒有出現。

「琴里，我要丟下妳走人嘍！」

「再……再一下下就好了！」

不久之後，琴里才終於來到玄關。

她這名少女的最大特徵是用白色緞帶綁成雙馬尾的頭髮，以及有如橡實般圓滾滾的眼睛。如今她的身上穿著平常不太會穿、有點成熟風味的時尚服裝。看見琴里有別於以往的模樣，士道不由自主地心動了一下。

回想起來，要是當時坦率地說出感想就好了。可是……長時間等待的士道也許是因為疲累和不耐煩，或是掩飾害羞的心情——而說出了不該說的話。

「唉，總算來了啊……那個，該怎麼說呢，為什麼女生準備出門要花那麼久的時間啊？」

「…………」

士道說完的瞬間，琴里的臉頰抽動了一下。

「……？琴里，妳怎麼了？好了，快點走吧。穿上鞋子——」

士道話還沒說完，琴里就一語不發地解開綁住頭髮的緞帶。

然後以流暢的動作從口袋裡拿出黑色緞帶，再次將頭髮綁成雙馬尾。

那是琴里切換思維模式的開關。她會藉由替換緞帶，從天真無邪的妹妹轉變成態度強勢的司令官。

「琴……琴里……？」

「……士道，你似乎還不懂身為女孩子的辛苦吧。」

琴里露出銳利的視線，以寒冷刺骨的聲音說道。她散發出來的氣息與以往大不相同，令士道不由得倒退了幾步。

「若是普通的男生，或許可以用單純太遲鈍這個理由原諒，但你身負要讓精靈迷戀上自己的使命，還做出這種表現，可就傷腦筋了呢。你要是不能更理解女孩子的辛苦，可能會為往後的生活帶來障礙。」

「辛苦，男生也一樣啊——」

「男生當然也有男生的辛苦吧！但是，女生的辛苦跟男生的辛苦又大不相同！男生踏出家門可能會遇到各式各樣的敵人，但女生除了顯而易見的敵人之外，還有裝成同伴向敵人洩露情報，或是假裝誤射朝自己背後開槍的傢伙在等著！」

「好陰險！」

士道大聲吶喊後，琴里便「哼」的一聲揚起嘴脣。

「……如果有機會，你豎起耳朵仔細聆聽只有女生的對話，十之八九都在講不在現場的女生朋友的壞話。」

「嗚哇，那是怎樣，我才不想聽咧！」

「不只如此，還有明明沒有尿意卻不得不陪同上廁所的同儕壓力；在更衣室的諜報和牽制；上體育課若是認真較勁就會被說成是不懂得察言觀色的人；一到家政課的烹飪實習，男生就會對自己投以期待的眼光；穿裙子經常得注意會不會不小心曝光；一旦出門就會置身在色狼和搭訕男的威脅之中……！這就是處於現代社會的女生的辛苦啦……！」

琴里不同於以往熱烈地述說……士道雖然覺得她太過惡意強調，但被她的氣勢所震懾，一句話都無法反駁。

「……我……我知道了啦。抱歉啦，我以後會注意——」

士道臉頰垂下汗水如此說道，但琴里似乎氣還是沒消。她一臉不悅地交抱雙臂，怒氣沖沖地說道：

「不行！這不是只要留意就能解決的問題！我必須直接讓你體會到身為女孩子的辛苦！」

「直接……那怎麼可能辦到啊？」

士道語帶嘆息地說完，琴里便露出奸險萬分的表情獰笑。

「哎呀，是這樣嗎？我說……士織美眉？」

「什麼……！」

士道聽見琴里喊出他以為這輩子再也不會聽到的名字，便僵住了身體。

◇

……然後，時間來到了現在。

「唉……」

士道在上課中將手肘拄在書桌上，嘆了一大口氣。順帶一提，他的座位還是老地方，在十香和折紙的中間。剛好「士道」被當作請假看待，所以老師吩咐他坐在那裡。明明是坐習慣的位子，只不過是穿了裙子，觸感竟然如此不同，令士道超想飆淚。

沒錯。士織是以前士道對討厭男人的精靈展開攻勢時，穿女裝所產生的名字。

當然，士道有對怎麼想都是琴里故意找麻煩而想出的主意提出抗議，堅決反對。不過，琴里手上握有士道過去的各種弱點，令士道無權反抗……結果，士織便以一日限定的方式再次重生。

而且，他還被迫宣誓今天一天無論發生什麼事，都要以女孩子的身分度過……不過，反正士道最害怕的就是被人發現士道和士織是同一個人，所以就算琴里沒這麼說，士道也必須完全扮演一個女孩子。

就在士道思考著這種事情的時候，宣告下課的鈴聲響起。這下子，第二堂課也結束了。只要再挨過四小時的課程，士道就能回復男生的姿態。士道打算準備下一堂課要用的東西，便開始收拾桌面。

不過就在這個時候，他察覺到不對勁。

「奇怪……？」

收起課本的同學們接二連三離開座位，走出了教室。

「怎……怎麼回事？大家為什麼都離開了教室？」

正當士道感到驚慌失措的時候，十香歪著頭從座位站起來。

「妳在說什麼啊，士織。下一堂課不是體育課嗎？」

「噢……什麼嘛，聽妳這麼一說，還真的是這樣呢……所以說——」

士道吐出安心的氣息，還沒吐完——臉色就瞬間刷白。

體育課的話，就代表——

「士織，差不多該去女子更衣室嘍。」

士道僵住身子，折紙便牽起士道的手，然後用力拉他讓他站起身。

「啊！喂！」

可能是受到折紙的行為影響，十香也握住士道的另一隻手。士道慌慌張張地用力搖搖頭。

「其……其實啊！我忘記帶體育服了，今天打算在旁邊看大家上課……」

「那這個是？」

折紙打開士道帶來的書包，讓他看裡面的內容。書包裡確實放著裝體育服的袋子，看來琴里似乎事先準備好了。

「什麼……！未免太周到了吧……」

「不快點去的話，上課會遲到。」

「喂！要跟士織一起去更衣室的人是我！」

兩人互相競爭抓著士道的雙手，就這麼拖著他走。

「喂……！妳們兩個！應該說，先不論折紙，十香！我去女生更衣室，就代表妳也要在我面前換衣服喔！」

士道說完，十香一瞬間抖了一下肩膀，但隨後又像是改變想法似的搖了搖頭。

「唔……那確實有點難為情。但……但是，沒關係。」

「什……什麼沒關係？」

士道詢問後，十香便將臉靠近士道的耳朵。

「……我聽琴里說了，其實你一直很想當女生。所以她拜託我，希望至少今天一天把你當作女生看待。為了士道，我會努力。」

「那傢伙幹了什麼好事啊！」

琴里事先做的準備事項太過面面俱到，令士道發出哀號。

在談論這件事的期間，士道也確確實實被拖著走，踏進沒有「男人」踏進過的聖地——女子更衣室。

有好幾名清純年輕的少女無懼他人的眼光，露出她們柔嫩的肌膚。從後頸到肩膀的性感曲線、包覆著內衣的乳房、苗條的腰身、令人不禁想來回撫摸的臀部。士道被這些畫面包圍，發出不成聲的哀號。

「……！」

不過，這也是理所當然的事。因為這裡是女生的聖域，不可能有男學生存在。沒錯——除了一個人以外。

「嗚哇……！」

「提問。妳怎麼了，耶俱…………！」

就在這個時候，突然傳來兩道熟悉的聲音。往聲音來源看去，發現有一對長相別無二致的雙胞胎站在那裡。她們分別是就讀士道等人隔壁班的精靈，八舞耶俱矢與八舞夕弦。

由於體育課是和隔壁班一起上，她們會在更衣室裡並不奇怪，不過——

「什麼！」

士道不由自主地大叫出聲後，滿臉通紅，屏住了呼吸。理由很單純，因為八舞姊妹的模樣。兩人大概也在換衣服吧，耶俱矢脫下裙子，只穿著女用襯衫，而夕弦則是反過來，脫掉了上衣，露出被內衣包覆的豐滿上圍。

八舞姊妹也注意到士道的視線了吧，只見兩人漲紅了臉，急忙遮住肌膚。不過頓了一會兒，又像是想起什麼事情般深思後，再次緩緩露出肌膚。

「呵……呵呵，原……原來是士織啊。這樣啊，汝這一堂也是體育課啊。」

「提醒。耶俱矢，妳的聲音在發抖。士織是女生，女生。」

「不……不用妳說我也知道啦！我又不覺得害羞！」

耶俱矢以明顯感到害羞的模樣高聲說道。看樣子……琴里似乎也事先跟八舞姊妹溝通過了。

「妳們兩個，關於琴里的事啊……」

怎麼能讓她們再誤會下去。士道出聲打算解釋，不過——話還沒說完就中斷了。

因為士道發出聲音的瞬間，有人突然把他身上穿的裙子一把往下拉。想都不用想，是折紙。

「呀——呀啊啊啊啊啊！」

即使士道急忙想把裙子拉回原來的位置，但為時已晚，裙子早就被折紙以高超的技巧奪走。

「妳……妳幹嘛啦，折紙！」

「幫你換衣服。動作不快一點的話，體育課就要開始了。」

「不……不用妳幫我，我自己會——！」

士道原本想出聲抗議，不過……又止住了話語。因為他眼角餘光看見八舞姊妹臉上露出發現了什麼有趣的事的表情。

「呵呵……這樣啊，換衣服啊。那麼吾等八舞也得一起幫忙才行啊。」

「肯定。換穿衣服這方面，夕弦和耶俱矢經驗豐富。」

說完，兩人蠕動著十指，逐漸逼近士道。

「什麼……！怎麼連妳們都這樣……！」

士道懷抱著絕望的心情低喃後，對十香投以求助的視線。

然而——

「唔……士織不是覺得很困擾嗎？」

「呵呵，吾之眷屬啊，汝無須擔心。士織只是在害羞罷了。」

「唔……真的嗎？」

「當然。汝想想看，待會兒要上兩小時的體育課，若是沒換衣服會如何？吾等只不過是幫忙他而已。」

「原來如此……是這樣啊。嗯！那我也來幫忙！」

「不要受騙啊，十香——！」

即使士道高聲吶喊也沒有起任何作用。十香、折紙、耶俱矢及夕弦一步步逼近後退的士道。

「別擔心，士織，我會確實幫你換好衣服的。」

「…………」

「呵呵，夕弦，準備體育服。」

「肯定。在這裡……！」

就在這個時候，從袋子裡拿出士道體育服的夕弦赫然屏住了呼吸。

「唔……？夕弦，妳怎麼了？」

「戰慄。大家看看這個。」

「…………！」

夕弦攤開體育服後，所有人都驚訝得瞪大了雙眼。

沒錯。因為眼前的並非最近成為主流的五分褲款式的體育服，而是魅惑人心的三角運動褲。

「什麼……！」

看見這出乎意料的褲形，連士道也不禁啞然失聲。雖說是琴里準備的東西，但沒想到她竟然會做到這種地步——

「呵……呵……想不到竟然藏了這麼個怪物呀。」

「驚愕。超乎夕弦的想像。」

「耶俱矢、夕弦，這到底是什麼啊？跟我的形狀不一樣耶。」

「…………」

在精靈們談話的時候，折紙慢慢地從自己的體育袋裡拿出相機。而且，不是剛才拿來猛拍士道的小型數位照相機，而是裝有巨大鏡頭的單眼相機。

「喂……喂……妳們……？該不會……要我穿上那件體育褲吧？」

士道戰戰兢兢地發出聲音後，四人便同時轉身面向士道。

她們的眼裡除了先前的興奮之外——似乎還散發出帶有某種使命的戰士般率真的光芒。

「喂……等……一下……啦。聽我說——不……不要啊啊啊啊啊啊啊啊啊啊啊啊啊！」

士道透過變聲器發出的可愛慘叫聲響徹了整間女子更衣室。

◇

「呼……呼……！」

上完體育課，回到教室的士道肩膀劇烈地上下擺動。

在那之後，士道拚命抵抗，並且拋下自尊心哭著哀求她們，才總算守住男生珍貴的東西。

……最後，還是以忘記帶體育服為由，借了備用的五分體育褲，混進女生當中上課。

不過，這下子六小時的課程已經上完了四小時。只要避免引人注目地撐過剩下的兩小時，就能結束這有如惡夢的時間。只要再忍耐一下就好了。

然而——

「好了……差不多該移動嘍。」

十香如此說完，便從座位上站起來。

「咦？移動……」

「妳在說什麼啊？下一堂課不是家政課要烹飪實習嗎？要去調理室啊。」

「啊……」

說到這裡，士織因為剛才的騷動而忘得一乾二淨，今天確實有家政課。怪不得午休時間拿出便當來吃的學生異常地少，大概是算計好要把家政課做出的菜拿來當午餐吃吧。

「家政課啊……」

士道搔了搔臉頰。如果可以，他希望能上像國語或是數學那樣只要安靜坐著就能上完的科目……但是，總比剛才的體育課要好太多了。

……應該說，如果是夏天，大概會被逼著穿上學校泳裝到游泳池上體育課吧……這事態光是想像就令人害怕得直打顫。

「對喔……好，那我們走吧。」

「嗯！」

「………」

士道說完，十香和折紙便點了點頭。

拿起圍裙和三角頭巾（這些也早已放在書包裡），前往家政教室。調理室裡已經有幾名學生先到，似乎在為實習做準備。

士道從袋子裡拿出圍裙和三角頭巾穿戴上。這時，一張寫著「正確圍圍裙的方法」的紙條從袋子裡掉了出來，士道看見紙上畫的裸體圍裙圖，一語不發地將它捏皺。

不久後，宣告午休結束的鈴聲響起，家政科老師和剩下的學生陸陸續續移動到調理室。在來禪高中，這類實習大多以不固定的規則編排上課的學生。比如說，以前就曾經為了充實個人的作業量而男女分開上烹飪實習課，或是兩個班級同時實習，再彼此吃對方做的菜。

然後，今天好像是合在一起——像剛才體育課那樣，三班、四班的女生一起上實習課的樣子。於是，八舞姊妹並肩走進教室。

「哦，又見面了呢，士織。」

「首肯。士織非常適合穿圍裙和戴三角頭巾，令人嫉妒呢。」

「哈哈……總之，請多指教了。」

士道露出苦笑後，看起來溫柔婉約的家政老師彷彿算好時間一樣高聲說道：

「好，那麼各位同學，今天來做蛋包飯吧。」

老師簡單地說明做菜的程序。說明完後，各組人員開始做菜。

通常一組由五到六名同學組成。順帶一提，士道那組有他自己、十香、折紙、耶俱矢、夕弦五人。

「好，那麼開始做吧！」

「是！」

聽見十香說的話，八舞姊妹精神百倍地舉起拳頭。士道看見三人的模樣，露出苦笑。而折紙則是拿著不知道打哪兒來的像是電視臺攝影師使用的那種巨大攝影機，拍攝士道的模樣。

「……折紙？」

「什麼事？」

「……不，沒事。」

總覺得吐槽她就輸了。士道盡可能不去在意，也開始做菜。

將洋蔥切丁，切雞肉，放進鍋子裡炒，一邊撒上胡椒鹽調味，然後加入白飯，用番茄醬增添色彩。

接著煎蛋，包住雞肉飯就大功告成了。

不過──

「唔……士織，蛋要怎麼煎啊？」

在打完蛋的時候，十香一臉困惑地皺起眉頭。

「嗯？喔喔，那我示範一次給妳看好了。妳要用蛋皮包起來，還是切開會有濃稠蛋液流下來的那種？」

士道詢問後，十香便露出閃閃發亮的眼神。

「我要濃稠蛋液流下來的那種！」

「了解。那妳看一下我怎麼做喔。」

說完，士道在熱過的平底鍋上溶化奶油後，倒進蛋汁，接著快速地晃動平底鍋，煎成漂亮的蛋包，然後把它放到盤子上的雞肉飯上方。

「唔……？士織，這是什麼？」

「呵呵，妳看好嘍。」

說完，士道拿起菜刀將刀尖抵在蛋包上，縱向劃開一刀。

於是煎好的美麗蛋包表面因為自身的重量而往左右垂下，露出濃稠的切面。

「喔喔！是濃稠的蛋包飯！」

十香將眼睛睜得圓滾滾的。結果彷彿配合這個時間點似的，周圍也響起讚嘆聲——士道班上的長舌三人組亞衣、麻衣、美衣快步從隔壁組走來。

「喔喔！」

「好會煎喔！」

「我可以嚐一下味道嗎？」

三人一邊說著一邊拿起湯匙和番茄醬。

「啊，請等一下。」

士道制止三人，在蛋包飯上淋上他用剛才調理室現有的醬汁、番茄醬、奶油和清湯等混合在一起熬煮而成的士道特製半釉汁（風）醬汁。

「請用。」

士道再次端出盤子後，亞衣、麻衣、美衣便嚥了口水，用湯匙舀起蛋包飯，一口丟進嘴裡。然後仔細咀嚼——接著瞪大了雙眼。

「啊，真是味道的珠寶盒啊！」

「滑嫩的口感砰的一聲在口中跳舞！」

「實在是太～～好～～吃～～啦啊啊啊啊啊！」

亞衣的臉上染上驚愕之色，麻衣露出陶醉的表情，至於美衣則是嘴裡吐出了光芒——看起來像是啦。順帶一提，士道不覺得有放什麼會在嘴裡砰一聲的東西，她到底是吃了什麼？

看見亞衣、麻衣、美衣誇張的反應，調理室裡的其他同學也說著：「怎麼了？怎麼了？」紛紛聚集過來。

於是，這次換十香和八舞姊妹拿起湯匙參戰。

「士……士織！我也想吃！」

「獻上供品給吾等吧！」

「懇求。吃一口就好。」

「喔……喔喔……可以啊。妳們吃吧。」

士道說完，十香、耶俱矢以及夕弦便同時在嘴裡塞進一大口蛋包飯。

結果——

「唔唔！」

「啊呼……！」

「陶醉。啊啊——」

這次換三人露出了心蕩神迷的表情。四周充滿了閃耀的光芒，總覺得一瞬間有種三人變成全裸做出反應的畫面浮現眼前——只是有這種感覺而已啦。不過，重點部位都有用頭髮和光芒巧妙地遮住。

「妳……妳們未免也太誇張了……」

正當士道搔著臉頰露出苦笑時，他感覺到有人在拉他的圍裙裙襬。往旁邊一看，發現折紙拿著盛著雞肉飯的白色盤子站在那裡。

「嗯……？怎麼了，折紙？」

「也幫我加上——士織的濃稠汁液。」

「說法未免太邪惡了吧！」

即使士道發出哀號聲，折紙似乎也沒有放棄的打算，死皮賴臉地將盛著雞肉飯的盤子遞到士道眼前。順帶一提，攝影機用三腳架固定住，依然朝向這裡。

「我想要……士織濃郁的……」

「我……我知道了！知道了啦，妳給我安靜一點！」

此時，他發現到……

站在周圍的學生們都露出一副垂涎三尺的表情，時不時地瞥向士道。

「咦……？大……大家……？」

士道說完，學生們一瞬間移開視線——不過，馬上又對他投以視線。

士道嘆了一大口氣說：

「……請排成一排。」

「…………！」

學生們剎那間露出開朗的神情，在士道的身邊排成一條人龍。

◇

「終於……結束……了……」

士道聽著下課鈴聲，放鬆全身的肌肉，無力地趴在桌上。

但是，應該沒有人會責怪他吧。因為士道終於過完了當士織的一天，放學前的班會也已經開完，接下來只剩下回家了。如此一來，也能跟這輕飄飄的裙子說再見了。

「好……回家吧。現在立刻回家，盡快回家吧。」

「唔……？嗯。」

士道整理好東西後站起身，趁還沒被同班同學逮到之前，拉著十香快步走出教室。

「呵呵，汝這麼急是打算去哪裡啊……喂，你要去哪裡啊，等一下啦！」

「制止。請不要丟下夕弦和耶俱矢兩個人走掉。」

然後，途中在走廊和八舞姊妹會合，換好鞋子，走到校舍外。士道這時候才終於吐出安心的氣息。

「呼……這下子我就安心了。」

不過——事態並沒有到此結束。

「啊！」

士道帶著十香和八舞姊妹走在回家的路上時，突然有一道熟悉的悅耳聲音傳進他的耳裡。往聲音來源一看，發現一名身穿水手服的高挑少女正吃驚得瞪大雙眼。

「美……美九……！」

士道不由自主地呼喚她的名字。

沒錯。站在那裡的是精靈，同時也是日本人氣首屈一指的偶像誘宵美九本人。

美九一臉興奮地快步走近士道後，一把抓起他的手。

「達令……不對，士織！你怎麼會在這裡！」

「喔……喔喔……有點原因……」

士道要蒙混過去似的游移視線後，美九便以凶猛的氣勢拉著士道的手。

「沒……沒想到人家還能再次見到士織！太感動了！老天爺並沒有拋棄人家！啊啊，世界真是太美好了！」

「有……有必要這麼誇張嗎……」

「才不誇張呢！啊啊！而且大家都在！這真是太巧了！只能去喝茶了吧！人家剛好發現了一間不錯的店，正想邀大家一起去呢！」

「咦……！」

聽見美九說的話，士道顫了一下肩膀。喝茶……這就表示，要直接前往咖啡廳吧。也就是說……以士織的裝扮去。

「等……等一下啦！至少讓我換完衣服再去……」

「怎麼可能讓你去換衣服嘛！人家好不容易才見到士織，就這麼分開實在太令人傷心了！欸，大家也想去喝茶吧？也有美味的蛋糕可以吃喲～～」

美九說完，十香和八舞姊妹的耳朵抽動了一下。

「喔喔，真不錯呢！」

「呵呵……今天是供品的慶典啊。」

「期待。好想去吃看看。」

「好！那就拍板定案嘍！啊，機會難得，也邀請四糸乃和琴里一起過來吧！電話、電話。」

「妳……妳們……！」

士道露出愕然的表情。這也難怪。因為士道本來以為終於可以回家，卻萬萬沒想到要再延續當士織的時間，要他不絕望才難吧。

不過，美九一點兒也不在意士道的表情，只顧著打電話給四糸乃和琴里，告訴她們會合的地點和時間後，便一臉愉悅地踏著輕快的步伐拉起士道的手。

「好了！我們走吧！店家在車站前面，我們搭公車去吧～～」

「喂……喂！等一下……！」

反抗也沒用，士道被美九拉到附近的公車站牌。

然後好巧不巧，在士道一行人抵達站牌時，前往目的地的公車也幾乎在同一時間到站。

「好了，士織，我們上去吧。」

「我……我不要！我要回家——！」

即使士道像個賴皮的孩子一樣大聲吶喊也絲毫起不了作用，被半強迫地拖上了公車。

或許也是放學時間的關係，公車裡非常擁擠。士道被推進先上車的乘客之間，擠到了公車的中央地帶。

「嗚……嗚嗚……」

既然已經被逼上公車，反抗也沒有意義。士道以一種像是坐上載貨馬車，一路搖搖晃晃要被賣到市場的小牛的心情，輕聲發出呻吟。

——不知經過了多久，在大約停了兩個公車站，數名乘客上下車的時候——

「……咦？」

士道感受到一股奇妙的感覺，於是發出細小的聲音。

剛才，一瞬間……好像有什麼東西碰到了他的屁股一帶。

「…………不……不對，是我多心了吧……」

士道嘴裡喃喃自語彷彿在說服自己似的，輕輕咳了咳，將視線移向窗外。

不過，幾秒後，又有什麼東西在撫摸士道的屁股。

「……！」

士道抖了一下肩膀。剛才的感覺顯然不是自己多心。

沒錯。有人在擠滿人的公車中，趁著人多擁擠偷摸士道的屁股。

——是色狼。

「不……不會吧……」

在士道臉色蒼白時，色狼的行為變本加厲，慢慢把手伸進士道的裙子裡，不斷撫摸他的大腿內側。

「……！」

即使士道想大聲斥責，卻沒辦法好好發出聲音。身體因恐懼和羞恥而僵硬，無法動彈。

「……請……請不要這樣……」

士道拚死擠出聲音，懇求般對應該是站在自己後方的人說了。

不過，這似乎成了反效果。色狼的呼吸突然變得急促，撫弄士道臀部的手部動作旋即益發激烈，色狼的指尖從內褲下方侵入裡面。

「噫……！」

面對意想不到的事態，士道害怕得牙齒直打顫。

「唔……？士織，你怎麼了？」

就在這個時候，站在旁邊的十香似乎察覺到士道不對勁而對他說話。於是，士道滿臉通紅，眼眶滲出淚水，對十香呢喃：

「有……有人……在摸我的屁股……」

「你……你說什麼？」

士道說完，十香便瞪大了雙眼，立刻抓住站在士道後方的人的手。

「喂，你這傢伙在做什——嗯？」

然而，十香話說到一半便止住話語，露出疑惑的表情。

身體放鬆的士道循著十香的視線望向後方，然後——跟十香一樣將眼睛睜得圓滾滾的。

這也難怪。因為站在那裡的人是——

「折……折紙！」

沒錯，正是剛才應該早就在教室分開的折紙。而且她用沒被十香抓住的另一隻手拿著手持型攝影機，目不轉睛地凝視著士道。

「找到你了。」

「不是吧……還找到你了咧。我剛才真的怕得要死耶……」

士道發現不知為何，自己知道犯人是折紙後感到莫名安心。

總覺得感覺已經麻痺了。

「拍到了好畫面。」

「…………」

士道對面無表情如此說道的折紙嘆了一大口氣。

十幾分鐘後，公車抵達了目的地。士道一行人從乘客中擠出來，依序下車。

「呼……所以，美九，那間咖啡廳在哪裡啊？」

「在這裡喲。不過……呵呵！」

士道說完，美九一臉愉悅地微笑。

「不……不過什麼啊？」

「沒什麼，只是你一開始還心不甘情不願的，現在倒是挺有興致的呢～～」

「……我只是知道自己插翅難飛，所以想早點喝完走人罷了。」

士道瞇起眼睛，像是在發牢騷似的說道。於是，美九又「呵呵呵」地浮現笑容。

這時，八舞姊妹環抱雙臂對美九說：

「哼，汝讓吾等體會到擠成沙丁魚的難受滋味。若是甜點味道太平凡，本宮可無法接受。」

「首肯。到時候夕弦會大肆宣揚誘宵美九推薦的東西沒什麼了不起的。」

「呵呵，放心吧。人家保證絕對好吃～不過……」

美九繼續說道：

「最近電視上好像有介紹那家店，所以馬上就大排長龍了呢～現在又是放學時間，動作不快點的話，可能會沒位子喲。」

「唔，那可就傷腦筋了啊。我們快點走吧！」

十香催促著說道。不過，美九卻輕輕搖了搖頭。

「在那之前，我們得先去和四糸乃、琴里約好碰頭的地點迎接她們才行。失策了呢，要是集合時間再約早一點就好了。」

美九望著街頭的時鐘嘟噥。士道見狀，聳了聳肩高聲說道：

「那麼，妳們先去吧。我去接她們兩個。」

「咦？你該不會是打算找藉口逃走吧，士織～」

美九對士道投以懷疑的眼神。於是士道的額頭冒出了汗水。

「我……我不會逃走啦……」

「呵呵呵，人家鬧你的啦。那麼，可以拜託你嗎，士織？人家和她們約在對面百貨公司前面的噴水池。店家叫作『Premier』，從這裡直直走下去就能看到了。」

「好，我知道了。那麼，待會兒見。」

士道輕輕揮了揮手後，美九和夕弦同樣向他揮了揮手，十香精神奕奕地揮動手臂，而耶俱矢則是裝模作樣地豎起兩根手指，像是在說「Adios（註：西班牙語，再見之意）」一樣舉起手。

就在這個時候，士道發現折紙背對著所有人。

「嗯……？折紙，妳不去嗎？」

「我要……準備一點東西。等一下再跟你們會合。」

「……這……這樣啊……」

士道雖然對準備一詞隱約感到不安，但他輕易就明白深入追究想必對誰都沒有好處。於是，他帶著僵硬的笑容目送折紙快步離去的背影。

「好了……那麼，我去接四糸乃和琴里吧。」

士道一邊注意裙襬，前往碰面地點。不久，便看見指定的大噴水池。

「我看看，她們兩個人在哪裡……」

士道尋找理應被美九約出來的兩人，探頭探腦地環顧四周。於是，在噴水池前發現一名少女的身影。

那名少女身材嬌小，戴著一頂報童帽。她宛如藍寶石般的美麗雙眸與戴在左手的兔子手偶令人印象深刻。她是四糸乃，與十香等人一樣，是士道過去封印靈力的精靈。

不過——在看見四糸乃身影的同時，士道察覺到不對勁。因為四糸乃被三名左右的男子搭話，低著頭一臉困擾的模樣。

而且看起來似乎並不像在問路。男人們死皮賴臉地邀四糸乃和他們去玩，這就是俗稱的……搭訕吧。

「喂、喂……真的假的啊。」

士道不由自主地皺起眉頭。四糸乃確實有著一副可愛的容貌，但是……外表看起來像是國中生。那群男人未免太沒有節操了吧。要是琴里在，應該就能順利把他們趕走吧。不過……看來，她還沒有抵達碰面的地點。

也不能就這樣置之不理。士道下定決心後，介入四糸乃和男人們之間。

「……好了！不好意思！」

於是，四糸乃和左手的手偶「四糸奈」大吃一驚地發出聲音。

「啊……！」

「士道……不對，士織！」

「嗨，四糸乃、四糸奈。抱歉，我來遲了。」

士道朝她們微笑好讓兩人感到安心，接著望向之前糾纏四糸乃的男人們。

「……事情就是這樣，這孩子在等我。所以不好意思——」

士道話還沒說完，男人們互相對視，聳了聳肩。

「不是吧，怎麼可以這樣對我們呢？」

「就是說啊，一直吊我們胃口，結果拍拍屁股走人，未免太過分了吧！」

「啊，對了，要不然妳也一起來玩嘛。這樣不就好了嗎？好，就這麼決定了！」

其中一名男子如此說完，親暱地觸碰士道的肩膀。

士道皺起臉孔。看來，他們似乎聽不懂人話。

「……告辭了！」

士道撥開男人的手後，牽起四糸乃的手打算離開現場。

不過——

「喂，給我站住！」

可能是士道的態度惹火對方了，剛才被士道撥開手的男人用力抓住士道的手臂。

「唔……」

「士……士織……！」

士道瞄了一眼四糸乃。她看起來非常害怕的樣子。如果沒有「四糸奈」在，她的精神狀態可能早就變得不穩定，造成靈力逆流。

當務之急就是讓四糸乃遠離這群男人。士道如此思考後，將臉湊近四糸乃耳邊小聲說道：

「大家在前面一家叫作『Premier』的咖啡廳，妳先過去。」

「咦，可……可是……」

「別可是了，知道了嗎？我也會馬上過去。」

士道如此說完，推了一下四糸乃的背。四糸乃雖然憂心忡忡地看了士道一眼，但隨後便下定某種決心般抿起雙脣，奔馳在路上離開。

「啊～～啊，跑掉了。」

「真可惜。」

「算了，無所謂。反正找到更可愛的女生了。」

男子們如此說完便包圍住士道。

「那我們走吧。」

「妳要逃也行，不過我們就不得不去追剛才那個女生嘍～～」

說完，男子拉起士道的手臂，半強迫地拉他前進。

「唔……」

士道無法反抗，穿過大街，被帶到杳無人跡的小巷子裡。

「好了……該拿妳怎麼辦呢？」

其中一個男人說完，其他兩個男人便揚起嘴角露出邪佞的笑容。

「你說怎麼辦是嗎？」

「那還用說嗎，對吧？」

說完，對士道露出淫穢的笑容。

對方採取如此露骨的態度，就算是士道，也明白自己的貞操有可能不保。一道汗水流過他的臉頰。

不過，士道還有一個大絕招，應該能讓他們在一瞬間失去鬥志的必殺絕招。

「抱歉在你們興致高昂的時候掃你們的興，不過，我想不會讓你們稱心如意喔。」

「啊？」

「很可惜的——」

士道吐出一口悠長的氣息後，撕下貼在喉嚨的變聲器。

「我是男的。」

接著，用男生——士道的聲音如此說道。男人們的臉上一瞬間染上驚愕之色。

「什麼……！真……真的假的啊……」

「你長成這樣！是男生！」

「喂、喂……不會吧……」

三人露出宛如看到什麼難以置信的東西的表情，交頭接耳不知道在說些什麼。

士道無奈地聳了聳肩。這下子，他們把士道抓來應該也沒什麼意義了吧。

然而——

「……你們……覺……覺得怎麼樣？」

「問……問我怎麼樣啊……你說呢？」

「就……就是說啊……對吧？」

男人們互相點了點頭後，同時豎起大拇指。

「「「因為很可愛……我可以！」」」

「什麼……！」

士道不由自主地發出高八度的聲音。

「你……你們頭腦還正常嗎？振作一點！就生物學的角度來看，這樣很奇怪吧！」

「不……我本來應該是直男啦……但你，我好像可以！」

「沒錯、沒錯……反而比普通女生更有一種不可思議的性感魅力……」

「男人就是要有膽量，什麼都要試一試嘛……」

說完，男人們呼吸急促，一步步逼近士道。

「噫……！」

士道這次真的感覺到危機，縮起身體。

不過——就在這一瞬間……

「…………」

一名少年無聲無息地出現在士道等人所在的小巷子裡。

那名少年一身黑色的穿著，身材嬌小。由於把帽簷壓得極低，難以窺探他的表情，不過從他冷靜沉著的態度看來，想必並非等閒之輩。

「啊……」

男人們因為士道的視線，也終於發現到少年的存在了。他們頓了一拍後，回頭望向後方。

——不過，太遲了。在男人們回過頭的瞬間，少年朝地面一蹬，用腳尖往上踢向離他最近的男人的下巴。男人的頭晃了一大圈後，無聲地昏了過去。

「什麼……！」

「你……你這傢伙是誰啊！」

剩下兩名男子驚慌失措的聲音響遍整條小巷。

不過，少年絲毫沒有動搖地壓低姿勢後，用和剛才一樣的方式踢向男人們，讓他們暈厥。

換算成時間，僅僅十秒。身手非凡無比。

「……！」

士道怔怔地看著這幅情景，過了數秒後，赫然抖了一下肩膀。由於事出突然，他一下子意會不過來，但後來總算理解有一名神祕的少年出現，並且救了他。士道連忙將變聲器重新貼到喉嚨上，高聲說道：

「那……那個……非常謝謝你替我解圍。」

「小事一樁，用不著道謝。」

少年以沉著的口吻如此說道。

「……嗯？」

不過……士道在這時皺起眉頭。因為少年的聲音聽起來好耳熟。

「你……你該不會是……」

「剛才真是危險呢。」

士道露出啞然的模樣指著少年，少年便脫下壓低至蓋住眼睛的棒球帽。

「折……折紙……！」

沒錯。站在士道眼前的，就是將頭髮向後紮起的鳶一折紙小姐本人。

「妳……妳怎麼打扮成這樣……」

雖然士道自己的打扮也沒資格說別人怎樣，但他就是忍不住想問。於是，折紙理所當然般點了點頭。

「現在的我不是折紙，而是——鳶一折遠，折紙的堂哥。」

「什……什麼！」

「如果是現在的我，就能接受士織。」

說完，折紙整個人貼向士道。看樣子，她所謂的準備就是指這件事吧。

「等……等一下啦！這是怎麼一回事啊？」

「今天一天，我已經了解你的決心。如果你打算以士織的身分活下去，我也會支持你。」

「妳誤會了啦！話說，妳不要趁亂把手伸進我的衣服裡啦！」

「沒關係的。我可以滿足士織。」

折紙一本正經地把臉靠過去。這就像是原本來了隻貓，卻被更凶猛的獅子給打敗。而貓咪的獵物士道則是發出「噫噫噫」的窩囊聲音，扭動著身軀。

就在這個時候，又傳來了耳熟的聲音。

「給我等一下！到此為止！」

「你這混帳就是帶走士織的男人吧！」

發出聲音的似乎是琴里和十香。往聲音來源望去，發現兩人的背後還站著四糸乃、八舞姊妹以及美九。看樣子，是四糸乃把大家叫來的，琴里似乎也在中途跟她們會合。

不過，精靈們看見向士織求愛的「男人」後，臉上紛紛染上驚愕之色。

「什麼……！」

「鳶一……折紙！」

「…………」

折紙因為十香等人登場而一瞬間停下了動作，但馬上又開始撫弄士道的衣服。

「等一下！妳這傢伙，在幹什麼啊！」

「妳幹嘛若無其事地繼續啊！」

「我……我覺得這樣不好……」

「呵呵，竟然想一個人獨享，真是無禮的傢伙！」

「首肯。也讓夕弦和耶俱矢加入。」

「討厭啦，人家也想女扮男裝，跟士織做禁忌的事！」

精靈們大聲吶喊著這些話，一起湧進小巷內。

「……對不起。」

◇

約過了兩小時後，士道回到家中，終於從士織模式換回平常的服裝，然後向琴里深深地低下頭道歉。

「你……你幹嘛突然跟我道歉啊……」

「……今天一天，我深刻體會到女生有多麼辛苦了。我不會再說出藐視女生的話，請妳原諒我吧。」

士道真切地述說賠罪的話語後，琴里才總算諒解似的用鼻子哼了一聲。

「知道就好……今天的事情我也有該反省的部分。那個……幸好你沒事。」

說完，琴里一臉尷尬地挪開視線。士道抬起頭後，微微搖了搖頭。

「不，是我太輕率了。對不起喔，琴里。」

「？對不起我什麼？你剛才不是已經道過歉了——」

「啊……不是那件事啦。我是想說……那個……昨天的衣服，妳穿起來很好看喔。」

「什麼……！」

士道說完，琴里的臉瞬間漲紅。

「你……你說這話是什麼意思啊！我又不是因為想要你誇我……！」

「我知道……是我自己忘記說而已。別在意。」

「哼……哼！那是當然的啊。不過……總之……謝謝啦。」

「嗯。」

士道輕輕點了點頭後，琴里便別開臉，整個屁股往後坐在沙發上。

「對……對了，你不用準備晚餐嗎？」

「噢，對喔。慢慢開始來準備吧。」

士道露出微笑，伸了伸懶腰後，收到口袋裡的手機突然開始震動。

「嗯……？」

看了手機螢幕，發現上面顯示出「殿町宏人」這個名字。他跟士道就讀同一個班級，是士道的朋友。

「——喂？是殿町嗎？」

『喔喔，五河！你身體還好嗎？聽說你得了流感，發燒到五十六度……』

「喂，等一下，你是聽誰說的啊？是哪個群馬縣會發生的事啊？」

『是聽誰說的呢？哎，那種事情一點都不重要啦。對了，五河，聽說今天來特別旁聽的女生士織是你的堂妹？所以你應該知道她的聯絡方式嘍？』

儘管士道額頭滲出汗水如此問道，殿町也只是悠哉地說著：

「……知道是知道，但我不告訴你。」

聽見士道這麼說，殿町發出「啊唔……」的痛苦呻吟。

『我……我又不是為了要她的電話才打給你的……好啦，是有點想要啦……總……總之！那你幫我轉告士織！事情鬧大了喔！』

「事情鬧大……？到底是什麼事？」

『別管了，你立刻上網搜尋「誘宵美九」！是最新報導！你看了真的會大吃一驚！』

「什麼啊……？」

士道聽不懂殿町在說些什麼，皺起了眉頭。但之後殿町仍然囉嗦地重複同樣的話，士道只好敷衍地回答：「知道了、知道了啦。」然後掛斷電話。

「受不了……到底是怎樣啊？」

反正一定沒什麼大不了的。不過士道還是有些在意，便用手機連上網路，搜尋「誘宵美九」。結果——

「什麼……！」

士道不由自主地屏住了呼吸。

不過，那也是理所當然的事。因為搜尋結果顯示在頁面最上方的，是疑似某人拍到的美九私底下的照片，不過……她的旁邊，正巧拍到了士織模式的士道。

「這……這是什麼時候拍的……！」

士道雙眼游移，用顫抖的指尖查看情報出處。

看樣子，來源似乎是今天偶然看見美九的歌迷擅自拍下照片，伴隨著一句感想將圖檔上傳到某個社群網站上。僅數小時的時間便被轉發到世界各地，還上了新聞網站。

不過，惡夢還不只如此。

針對這篇報導的留言大多數是在談論美九，但是……也能看見許多提及她旁邊被拍到的神祕少女的留言，數量和美九不相上下。

「隔壁的女生是誰？」「是美九九的朋友嗎？」「超可愛的。」「怎麼看都是模特兒，要不然就是偶像吧？」「沒看過她耶。」「是哪一間事務所的？」等等……

到最後甚至有人把士織的部分裁切下來，經過編輯，加上像漫畫一樣的對話框，讓士織說出自己喜歡的詞句，到處流傳這種加工過的圖片……而且大多是猥褻的言詞，已經呈現小規模的網路偶像狀態。

「這……這是……什麼東西啊……」

「怎麼了？發生了什麼事？」

當士道僵住身體的時候，琴里似乎察覺到他的狀況，探頭看手機螢幕。數秒後，噗嗤一聲笑了出來。

「噗……！呵呵！你很受歡迎嘛，士織。」

「我已經……受夠……當女生了……」

士道看似疲憊地嘆了一口氣。

教學七罪

TeachingNATSUMI

DATE A LIVE ENCORE 3

「各位同學，請聽我說。」

某天的班會上，來禪高中二年四班的級任導師岡峰珠惠老師——通稱小珠，雙手撐在講桌上，盡可能讓她那和藹可親的娃娃臉擺出嚴肅的表情說道。

「發……發生什麼事了嗎？」

看見總是開朗悠哉的小珠表現出非比尋常的模樣，士道一臉納悶地開口詢問。其他同學們也都對小珠投以疑惑的視線。

「……大家知道明天有公開授課吧？」

聽見小珠說的話，所有人點了點頭。明天的第六堂課世界史的時間是公開授課——也就是所謂的教學觀摩。

「……聽說公開授課時，天宮市教育委員會的栗生教育長會混在家長當中進行考察。」

「教育長……會來考察？」

學生們立刻騷動了起來。士道雖然對那個組織和職位不甚清楚，但大概知道有大人物要來參觀教學。

「唔……我搞不太懂呢，為什麼那個教育長要來看我們上課啊？」

坐在士道隔壁，擁有一頭漆黑如夜色的長髮的少女——十香歪了歪頭。於是，小珠露出乾笑回答：

「……好像是聽到我們學校學生的一些奇怪傳聞。」

「奇怪傳聞？」

「對……好像有來禪的男學生在教室脫掉同班同學們的衣服，或是將自家改建成『只屬於我的動物園』，強迫一群年幼的女生打扮成不知羞恥的模樣之類的……」

「噗……！」

士道不由自主地噴出口水。與此同時，班上的同學目不轉睛地盯著士道。黏答答的汗水濡濕了士道的背。

小珠像是要打破這種不愉快的緊張感似的繼續說道：

「如果這種傳聞屬實，聽說也會傾向派遣特別更生委員過來……」

小珠說完後，亞衣、麻衣、美衣三人組便苦著一張臉。

「那……那是什麼？好有威嚴的名字啊。」

「特別更生委員……怎麼會！」

「妳……妳知道嗎，麻衣！」

美衣以誇張的口吻發出大感驚訝的聲音。麻衣點了點頭回答：「嗯，我有聽說過。」接著繼續說道：

「不是有一所學校叫荒上工業高中嗎？兩年前，看不慣他們素行不良的教育委員會派遣到那裡的，就是剛才提到的特別更生委員。」

聽見麻衣說的話，同班同學們的臉上紛紛染上了戰慄之色。

「聽……聽妳這麼一說，那間學校最近安分多了呢……」

「不，不只是安分兩個字可以形容！聽說半年過著監獄般的生活，而一年則是變得像禪寺一樣呢！」

「聽說全校的學生全部剃了光頭，一臉死氣沉沉的表情……」

「根據傳聞，好像是被洗腦了還什麼的……」

「不對，是動了前頭葉切離手術……」

聽見接二連三冒出的資訊，學生們各個嚥了口水。

「總……總之！只要安安分分地上課，應該不會發生任何問題！各位同學，明天就麻煩你們幫忙嘍……！」

小珠深深地低下頭。看見她的姿態，學生們紛紛為小珠加油打氣。

因為所有人才不希望教育委員會派遣特別更生委員過來，更重要的是，也不希望學校解除小珠擔任班導的職務。二年四班表現出同班以來團結一致的模樣。

不過，偶爾會有人對士道投以冷漠的眼神……但士道決定姑且不去在意。

◇

「……唔……」

七罪以低沉的嗓音發出呻吟聲後，將本來就因為一臉無聊而皺起的眉毛皺得更緊。

不過，那也無可厚非。畢竟她現在正因為一個煩惱而感到心煩意亂。

話雖如此，她並不是在煩惱即使細心梳理仍然亂翹一通的髮質，或外表看起來不健康的纖瘦身材，以及明明沒有怎麼樣，卻被人家說「啊……抱歉，我說話很無聊吧」的天生臭臉。

……哎，那也是煩惱沒錯啦，但那些是七罪長久以來抱持的消極性煩惱，而如今令七罪苦惱的，是更主動的積極性煩惱。

「…………」

七罪在坐著的沙發上改變身體的方向，以腹部貼著椅背的姿勢目不轉睛地盯著廚房。

那裡有著穿上圍裙努力準備晚餐的士道身影。

他是這個家的主人、七罪的恩人，同時也是——讓七罪感到煩惱的罪魁禍首。

沒錯。七罪正在煩惱該怎麼報答以前士道幫忙過她的恩情。

當然，她也企圖嘗試許多方式。像是送禮物、趁士道不在的期間打掃房間，或是代替士道準備餐點……這類的方法，但全都無疾而終。

你們想想看，現在的人類文化圈裡，不可能有人會喜歡七罪以她毀滅性的美感所選擇的禮物，而要是七罪這個存在本身就像是髒東西的生命體，未經許可擅自打掃房間的話，整個房間反而會被難以清除的汙穢汙染。更別說是下廚了。會想吃用七罪的手處理過的東西，頂多只有十天都沒抓到獵物的土狼吧。

「……七罪？」

「呀！」

有人突然從背後呼喚，令七罪發出驚愕的尖叫聲，彈跳起來轉過身體。

朝聲音來源望去，便看見坐在對面沙發上的少女——四糸乃，和左手的手偶「四糸奈」一起納悶地歪著頭。

她是個具備有別於七罪的蓬鬆柔順頭髮、有別於七罪的美麗雙眸，以及有別於七罪的可愛面容，宛如天使的少女。

而且，她不只外表漂亮，內心還像澄澈的大海般美麗，她的言行舉止都充滿了對對方的體貼，甚至溫柔地對待像七罪這種只被滾糞蟲需要的物體。從這點來看，就能理解她有如慈母的愛情了吧。與其說「宛如」天使，不如說根本就是天使本身吧。不妨就叫她天使四糸乃。

「七罪，妳怎麼啦？妳的表情有點奇怪喲～」

「四糸奈」歪了歪頭。於是，七罪顫了一下肩膀。

「啊……啊啊……抱歉。我沒事，妳不用在意……」

「是這樣嗎……？可是──」

就在四糸乃這麼說的瞬間，廚房裡傳來士道的聲音。

「喂──四糸乃、七罪。飯菜快做好了，可以幫忙收拾那邊的桌子嗎？等十香她們來了就開飯吧。」

「……！聽……聽到了吧，四糸乃。士道叫我們收拾桌子！」

「啊……好……好的。」

四糸乃點點頭，開始整理放在桌上的雜誌和報紙。七罪也幫忙收拾四散的印刷類紙張。

「嗯……？」

就在這個時候，七罪將視線落在手中最上方的印刷品上面寫的文章，發出細小的聲音：

「教學觀摩的……通知……？」

◇

當天晚上，七罪偷偷溜出公寓裡自己的房間，造訪四糸乃的房間。

按下門鈴後不久，房門便打了開來，出現身穿可愛睡衣的四糸乃和「四糸奈」的身影。可能是剛洗完澡吧，臉頰染上些許紅暈，身體散發出微微的熱氣。

「這麼晚了……妳找我有事嗎，七罪？」

「啊……抱……抱歉……我有話……想跟妳說……」

七罪別開視線如此說道。

「……也對，這樣很沒有常識喔。應該說，竟然在這種時間讓妳看見我的臉，根本是嚴重的妨礙安眠吧。嗯，對不起。我去死好了。」

「七……七罪……！」

當七罪打算從門口離去時，四糸乃慌慌張張地抓住七罪的手。

「沒有……這種事……那個，妳來找我，我很開心。」

「四糸乃……」

七罪聽見四糸乃充滿愛的話語，含著淚水回過頭來。她已經不是用天使這種範疇來含括的存在，根本就是女神。四糸乃Goddess。啊啊，世界真是美好。

「那個……不嫌棄的話，請進來吧。」

「唔……嗯……謝謝妳。」

七罪微微點了點頭後，脫掉鞋子走進四糸乃的房間。順帶一提，為了不弄髒聖域，七罪原本打算換上自己帶來的新襪子再進去，但被四糸乃阻止了，所以沒有換。

「所以……妳找我有什麼事情嗎？」

將七罪帶進客廳後，坐在沙發上的四糸乃如此說道。七罪縮起肩膀，把手放在腿上，坐在四糸乃的對面，擠出沙啞的聲音。

「那……那個……我有事找妳商量。」

「好的，什麼事呢？」

「那個……妳明天有空嗎？」

「明天嗎……？有空，並沒有什麼安排……」

「咦？該不會是約會的邀請吧？呀！七罪真是大膽！」

「啊！不，並不是這樣……」

七罪額頭滲出汗水說道，四糸乃便大聲制止「四糸奈」。

「明天……有什麼事嗎？」

「啊，嗯……那個，如果妳方便，要不要跟我……一起去士道的學校？」

「咦？」

面對七罪突如其來的提議，四糸乃瞪大了雙眼。

「士道的學校嗎……？」

「到底要去那裡幹嘛呢？」

「四糸奈」扭著身體如此詢問。於是七罪微微游移視線回答：

「……就……就是啊，明天士道的學校不是要教學觀摩嗎？可是，士道的父母親現在人正在國外出差吧。士道說他們之前也常常不在家，父母親幾乎沒去參加過教學觀摩……所以，那個……我在想，讓我和四糸乃為他製造一個教學觀摩的回憶……」

沒錯。這就是七罪想到的報答士道的方式。

「我和七罪妳……？」

四糸乃一時間表現出一副聽不懂七罪在說什麼的模樣，將脖子歪向一邊。不過，隨後應該是發現了這句話的意圖，四糸乃赫然瞪大雙眼。

「妳該不會……是要和我一起假扮成士道的父母親吧……？」

聽見四糸乃說的話，七罪「嗯、嗯」地應聲點了點頭。

照常理來說，這種事是不可能辦到的。因為七罪和四糸乃怎麼看都比士道還年輕。

不過——若是有七罪的能力，事情就另當別論了。

七罪的天使〈贗造魔女〉擁有將物體改變成別的形狀的能力。而即使現在七罪的靈力被士道給封印住，還是能藉由讓自己的精神狀態不穩定來使用某種程度的力量。

可是，七罪一人無法分飾父母這兩個角色。所以，她才來拜託四糸乃幫忙。

「妳……妳覺得……怎麼樣？那個，當然……如果妳不願意，可以拒絕我沒關係。」

七罪戰戰兢兢地說完，四糸乃便搖了搖頭。

「沒這回事。我覺得這個想法……非常棒。請務必讓我幫忙。」

「四糸乃……！」

七罪露出開朗的神情後，牽起四糸乃的手。

◇

隔天，七罪和四糸乃走在前往士道就讀的來禪高中的路上。兩個人現在都還是原本的樣子。步驟在昨天已經確認完畢。到了來禪高中之後，在沒有人的地方顯現能力，把四糸乃變成父親，七罪變成母親，再前往教室。

由於沒有拿到士道雙親的照片，長相都由七罪自己創造……但只要在開始上課之前自稱是士道的父母，應該能營造出氣氛吧。

七罪思考著這種事情前進，不久便看見眼熟的校舍。

「好了……那麼，四糸乃，我們差不多該變身了吧。」

「好……好的，總覺得有點緊張呢。」

四糸乃以有些僵硬的表情點了點頭。於是，七罪便和四糸乃一起進入杳無人跡的小巷內。

然後，七罪吸了一口氣，著手準備取回一部分被封印的靈力。

基本上，精靈只要精神狀態不穩定就會導致靈力逆流。由於七罪是所有精靈當中精神安定感最低的一個，光是在腦海裡不斷展開負面的妄想，就能恢復最起碼的變身能力。

……國小教室響起老師的聲音。好～～那麼跟喜歡的同學分成一組。一個接一個聚在一起的同班同學們，其中只有七罪一個人落單，她沒有出聲邀請同學，也沒有同學出聲邀請她。老師說了：「有沒有人要讓七罪加入？」班上變得喧鬧不已。不久後，有一個人開口說道：「這樣子就不是跟喜歡的同學分成一組了。」……

「啊……啊……啊啊啊啊啊……！」

「七罪……！」

正當七罪的壓力快到達頂點的瞬間，四糸乃搖晃七罪的肩膀。集中力自然中斷。

「咦？怎……怎麼了，有事嗎？」

「請等一下。現在——」

四糸乃說著望向寬敞的大路。現在正有個先前不存在，戴著眼鏡的嬌小女性走在那裡。

「——好險。」

要是剛才展現出變身能力，勢必會引發大騷動吧。七罪中斷妄想後，靜靜等待女性通過。

然而，就在這個時候……

步履蹣跚的女性突然當場倒地。

「什麼……！」

「咦……！」

七罪和四糸乃同時屏住呼吸後，連忙奔向女性的身邊。

「喂……喂，妳怎麼了……」

「妳沒事……吧？」

兩人這麼說著，並且將女性翻過身。結果女性露出呆愣的表情，一張一合地動著嘴巴。

「不……不好意思……昨天拚命準備，努力過了頭……身體不舒服……」

「身體不舒服……」

七罪皺著眉頭，撫上女性的額頭。非常燙。

「……在這種狀態下還出門，太亂來了啦……請乖乖回家休養。」

「不可以……今天要教學觀摩……我不在的話……」

「咦？」

七罪瞪大雙眼後，女性就再也沒說一句話。看樣子，似乎是暈了過去。

「啊，喂……醒醒啊……！」

七罪支撐著女性精疲力盡的身體。

「沒辦法……只好帶她到能休息的地方……」

「說的也是……可是，她剛剛說到教學觀摩……」

就在這個時候，四糸乃像是想起了什麼事情似的「啊！」了一聲。

「我記得這個人……好像是士道他們班上的老師……！」

「——啊！聽妳這麼一說……」

四糸乃一提起，七罪這才回想起來。以前她變成士道做了許多惡作劇時，好像曾經看過她。

「也就是說……這個人倒下的話，教學觀摩就……」

「呃……應該會……改成自習吧。」

「那……那可就傷腦筋了！」

七罪發出高八度的聲音大聲吶喊。要是事情變成這樣，就無法為士道留下教學觀摩的回憶。

「可……可是，以她這種狀態，應該沒辦法上課……」

「完全癱平了呢～～」

「四糸奈」像醫生一樣撐開昏厥過去的老師的眼睛說道。於是，七罪緊咬牙根。

「不……還有方法。」

七罪握緊拳頭如此說道。

◇

在第五節的下課時間，教室的氣氛和往常有些不同。

但這也是理所當然的事吧。因為，今天的第六節課是教學觀摩，而且還是決定這個班級命運的重要時刻，大家的緊張感有別於平常的教學觀摩。

教室後方已經可以看見幾個學生家長的身影。感覺發現後方有熟悉臉孔的學生們動作都變得比平常僵硬。

「哈哈……說來說去，大家還是坐立不安呢。」

士道露出苦笑，瞄了一眼後方。於是，坐在隔壁的十香睜大她那有如水晶般美麗的雙眸，興致勃勃地對士道說：

「那些就是叫教育長的人嗎？還真多呢。」

「不是，他們是同學的家長啦。」

回覆十香的不是士道，而是少女的聲音。往聲音來源看去，發現班上的長舌三人組亞衣、麻衣、美衣就站在那裡。

「十香，我問妳，妳媽媽已經來了嗎？」

「啊，我超想看十香媽媽長怎樣的！」

「妳的美貌是遺傳呢？還是基因突變呢？」

三人逼近十香，眼裡閃耀著光芒。十香一臉困惑地發出「唔……唔……」的低吟聲。

「啊……十香的父母因為工作的關係不克前來。對吧？」

「唔……嗯，就是這樣。」

士道替十香找藉口蒙混過去，十香也配合他點頭稱是。於是三人組便一副打從心底感到遺憾的模樣大呼可惜。

就在這個時候，十香指著教室後方開口：

「欸，士道，那個人也是某個學生的家長嗎？」

「……嗯？」

士道循著十香的指尖往後望去——一瞬間僵住了身體。

不過，那也理所當然。因為有個身穿黑色長袍，頭上還戴了尖尖的面罩，打扮超級詭異的人物混在一群穿著正式服裝的家長裡面。

「這……這個嘛……」

士道正愁不知道該怎麼回答的時候，亞衣突然高聲說道：

「爸……爸爸……！」

「咦！」

聽見意想不到的話語，士道不禁瞪大了雙眼。亞衣驚覺自己失態，羞紅了臉，踏著沉重的腳步走向那名可疑人物的身邊，壓低聲音和他竊竊私語了起來。

「……喂！我不是叫你不要穿這樣來嗎！」

「妳在說什麼蠢話啊，亞衣。這是我們結社歷史悠久的……」

「誰管你啊！快點給我脫掉！平常就算了，但唯獨今天真的不能亂來啦！」

麻衣和美衣看著這幅情景，露出乾笑。

「啊……哈哈，對喔，亞衣的爸爸好像是黑魔法結社的大人物吧？」

「本人長得很普通就是了……」

「人是不壞啦，但穿成那樣來學校，未免太沒有常識——」

麻衣話說到一半，看見一名身穿緊身衣走進教室的女性，頓時止住了話語。

「媽……媽媽！」

「咦？」

士道露出目瞪口呆的神情後，麻衣衝向女性，滿臉通紅地發出抗議：

「妳……妳怎麼穿成這樣來學校啦！」

「抱歉、抱歉。我剛下班，路上弄髒了衣服，可以換的服裝就只有這個而已。」

「穿弄髒的衣服也沒關係啦，快點去換下來——！要是被教育長看見，馬上就出局了啦！」

麻衣發出沙啞的聲音。美衣看著這幅情景，臉頰流下了汗水。

「哎呀～～麻衣也很辛苦呢。就算伯母是SM俱樂部的女王，也得分清楚工作和私生活才行……吧……」

這次換美衣瞪大了雙眼，全身開始顫抖。

朝她的視線望去，發現有一名高挑的男子站在教室門口。即使穿著白色西裝也顯而易見的肌肉、如剃刀刀刃般鋒利的雙眸，以及有如猛禽的羽毛般粗大的眉毛是他最大的特徵。長得一副明顯像是殺了幾個人的模樣，而且他的手上還拿著M16自動步槍。

「叔……叔叔！」

美衣慌慌張張地衝向男子。對了，士道好像曾聽說過美衣的叔叔在國外當職業殺手。

「你……你怎麼帶這種東西過來啦！」

「…………」

聽見美衣極為理所當然的指摘，男子不發一語。

「在日本拿突擊步槍太引人注目了吧！你身為職業殺手的自覺還不夠吧！」

「……喂，妳吐槽的點竟然是這個啊。」

士道不禁瞇起眼睛，然後搔了搔臉頰……該怎麼說呢，真是一群有個性的家人呢。

亞衣、麻衣、美衣牽起家人的手離開教室。幾分鐘後，亞衣和麻衣帶著換穿普通衣服的父母，而美衣則是帶著將突擊步槍放置在某處的叔叔走進了教室。不過仔細一看，發現她叔叔剛才緊閉的外套前襟敞開，宛如為了方便馬上掏出掛在左腹部的「某種東西」似的。

「…………」

「唔……士道、士道。」

當士道臉頰流下汗水時，十香大吃一驚地瞪大雙眼，拍了拍士道的肩膀。

「嗯，怎麼啦，十香？」

「那個……那個也是家長嗎？」

說完，十香又指向教室後方。看樣子又有人走進教室了。

士道在心裡想著看過那三個人之後，就算有什麼樣的家長來他都不會感到驚訝，同時回頭望向後方──結果，僵住了身體。

「什麼……？」

站在那裡的是一名美麗的女性。她擁有一頭大波浪長髮以及藍寶石般的眼瞳。肉感的身材曲線吸引住教室裡所有男學生的目光，但她的行為舉止卻高貴優雅，宛如貞潔賢淑的大和撫子。

不過，最令人印象深刻的是她的左手，戴著一隻留著漫畫般的鬍子、穿著雙排釦西裝的兔子手偶。

「咦……？這……這是怎麼回事……」

士道一臉困惑地皺起眉頭。

他確實沒見過那位女性，但她左手上戴著的手偶分明是「四糸奈」。

而且仔細觀察過後，感覺她的容貌很眼熟。該怎麼說呢，那位美女讓士道產生一種想法，如果四糸乃長大成人大概就會變成那樣的女性吧……

「那……那個……呃……」

「喂、喂，首先要改掉支支吾吾的毛病。」

「唔……嗯……」

那位女性似乎覺得大家的視線令她發癢，微微扭動身軀後，跟手偶交談，接著像是下定決心般嚥下一口口水，抬起頭。

然後——

「……我……我兒子受你們照顧了。我是五河士道的……媽媽。」

「我是他爸。」

向整個教室裡的人如此宣布。

聽見出乎意料的宣言，教室一瞬間鴉雀無聲——

「咦咦咦咦咦咦咦咦咦咦咦咦咦咦咦咦咦咦咦咦咦咦咦咦咦！」

隨後被震耳欲聾的驚愕聲包圍。

「等一下，她是五河的媽媽嗎！」

「騙人的吧，再怎麼說也太年輕了！」

「該不會是……他爸的第二春！繼母吧！」

「這稱謂聽起來也太色情了吧！腦海裡只會浮現糜爛的關係！」

「話說，那是爸爸嗎！五河其實擁有兔耳基因嗎！」

教室頓時喧鬧了起來。

「不……不是……那個，咦……！」

然而，士道無法制止同學議論紛紛的聲音。理由很單純。因為連士道也搞不清楚現在到底發生了什麼事。

不過就在這個時候，一位新的來訪者出現在吵嚷的教室裡——學生們瞬間鴉雀無聲。

那是一名邁入老年的男性，還帶著一名疑似是他部下的女性。直挺的背脊和緊閉的雙脣明顯表現出他一絲不苟的個性。

「…………！」

這名人物的登場令學生們屏住了呼吸。

不過，這也無可厚非吧。因為大家昨天才在照片上看過他的臉。他就是天宮市教育委員會栗生正太郎教育長本人。

「是大頭目嗎……」

「讓他見識見識我們四班的團結……」

「我們才不會讓他開除小珠……」

學生們以教育長聽不見的細小音量竊竊私語。雖然對自稱士道母親的神祕女性依然感到好奇，但大家都認為現在最重要的是順利度過這堂課吧。士道想到下課後應該會被大家排山倒海的問題給淹沒，現在就開始覺得心情沉重。

不過，士道也跟大家有著同樣的心情，不希望小珠被解除班導的職務。再說，這次的事情士道也難辭其咎……算是他間接引發這次的事態吧。士道決定待會兒再追問謎樣的母親這件事，吐著悠長的氣息好讓心情平靜下來，並且看向講桌。

這時剛好上課鈴聲響遍四周，教室的門喀拉一聲打了開來。今天的主角小珠登場。

「……咦？」

然而，士道看見進入教室的人影，啞然失聲。

也難怪他會有這種反應。因為出現在那裡的，並非嬌小的社會科老師小珠。

「呵呵呵……開始上課嘍。各位同學，請回到位子上坐好。」

而是發出十分甜美的聲音如此說道的高挑美女。

這位二十五歲左右的女性有著一頭絲綢般的髮絲、濕潤的嘴脣，以及連模特兒都自嘆不如的身材比例。傲人的雙峰如今也好像要從開到第三個釦子的襯衫蹦出來，開高衩的窄裙露出她性感的大腿。可能意識到自己姑且是教師吧，她戴著細框眼鏡，單手握著指示棒，但看起來只像是角色扮演用的小道具。

那名只讓人覺得誤會「女教師」這個詞彙意義的女性登場，令教室再次騷動了起來。

不過在那當中，士道大吃一驚的方向和大家不同，因而瞪大了雙眼。

「七……七罪……！」

沒錯。那名女教師正是七罪變身成大人的姿態。曾經見過那副姿態的十香也覺得不可思議似的將眼睛睜得圓滾滾的。

因疑似四糸乃的女性登場而一片混亂的頭腦又更加混亂了。她們到底在做什麼啊？

正當士道思考著這種事情的時候，七罪過度扭動她的身軀坐到講桌上，以挑逗的姿勢交疊雙腿，豎起一根手指說：「噓！」

「好了～～各位同學請安靜，要開始上課嘍。對老師有疑問的話，下、課、再、說。」

看見那性感的姿勢，男學生和一部分的男家長嚥了一口口水。

不過——所有人立刻驚覺自己失態，便端正態度。不妙，雖然不知道這究竟是怎麼一回事，但是非常不妙。

士道瞥了一眼後方，便看見栗生教育長一臉不悅地皺著眉頭，跟女部下竊竊私語。

「…………！」

看見這幅情景，學生們不約而同地以眼神交談。

（——喂，那個老師是誰啊！）

（最好告訴她她不是我們的老師吧？）

（可是，這樣小珠會不會變成是蹺掉重要的教學，跑去哪裡鬼混啊？）

（那麼……那麼，該怎麼辦啊！）

（這個嘛……）

所有人只靠眨眼和視線完成大致上的溝通後，端正姿勢面向講桌。

沒錯——學生們選擇繼續上完這堂課。

大家不知道這位老師是誰，也不清楚她是因為何種理由才來到這裡。但是，既然已經開始上課，除了聽完這堂課之外，沒有任何能讓教育長認同的方法。

上課不是只靠老師一個人完成的。球投進手套的聲音愈大，看起來就愈快速有力。所以憑學生的反應，應該也能營造出一種這位老師教學教得很棒的錯覺。

（放馬過來吧。大姊姊，妳會怎麼上課呢？）

（我會完美詮釋模範學生。）

（為了小珠和我們的安寧……！）

於是，七罪對學生們認真的態度感到心滿意足地點點頭後，拿起粉筆在黑板上寫下文字。

「乖寶寶的健康教育　～小嬰兒從哪裡來？～」

看見這行文字，士道和其他學生同時僵住了身體。

（——偏偏要上性教育啊啊啊啊啊！）

甚至用不著以眼神交流，輕易便能得知全體學生都有著同樣的想法。

本來就不希望在教學觀摩上這種課了，更何況現在還有嚴格的教育長正在視察。因為傳說來禪的學生有極端不純潔的異性交往，這樣子根本就像是邊跳舞邊在地雷區前進一樣。

「……哎呀？」

七罪應該也在這時發現到教室氣氛的變化吧。她放下粉筆轉過頭，移動視線環顧教室。

「大家怎麼啦？氣氛有點沉重喔。」

「…………」

七罪發出開朗的聲音說道，但是學生們還是保持沉默。

結果，不知道七罪是怎麼解讀這片沉默，她像是察覺到什麼事情一樣拍了手。

「啊！對喔，不好意思，老師沒注意到。」

說完，七罪環視整個教室。

「難得來參加教學觀摩嘛，也請各位家長一起參與吧。來吧，家長們請到孩子的身邊。」

（——情況愈來愈糟啦啊啊啊！）

（這位大姊姊在想什麼啊啊啊！）

（家長一起參與的性教育是什麼樣的酷刑啊啊啊！）

學生們臉色發青，冷汗直流，家長們雖然不知所措，還是走到自己的孩子身邊。當然，自稱士道父母的女性和手偶也走到士道身旁。

「……妳是……四糸乃吧？」

士道小聲問道。果不其然，那名女性點了點頭。

「這究竟是怎麼回事啊？為什麼七罪會……？」

「其……其實……」

四糸乃壓低聲音，簡單說明事情的經過。於是，士道的額頭滲出了汗水。
「代替昏倒的小珠……？」
「對……七罪並不是在惡作劇……」
「嗯……我知道。」
不過，時間點太不湊巧了。士道瞥了一眼留在教室後方的栗生教育長和他的部下。
與此同時，七罪對教育長說：
「哎呀，你怎麼不動呢？」
「呃，我——」
「別這麼說嘛，不要客氣，快過來。」
「…………」
七罪走到教室後方牽起教育長的手，把他帶到身旁空無一人的學生——十香的身旁。
被帶到十香和士道中間的教育長一臉困惑地對十香說：
「……抱歉，打擾妳了。」
「唔？沒關係啊。」
或許是搞不太清楚狀況，十香若無其事地回答。
「你們的老師平常就是這樣嗎？」

「唔？你在說什麼啊？她不是老師——」

「……！是……是個很幽默的老師吧。她很親切，學生都很喜歡她！」

士道高聲蓋過十香的話。教育長一副無法理解的樣子歪了歪頭。

「……唔嗯。」

雖然教育長並沒有說出什麼評語，但很明顯對七罪的印象不是很好。周圍的學生大概也感受到了教育長的心情，即使裝作若無其事，眉尾還是微微抖了一下。

（慘了……這下慘了……）

（這樣下去，特別更生委員就要衝過來了啦……！）

（得……得想辦法挽回劣勢才行……！）

學生們一語不發地用眼神互相交流。於是，七罪老師露出燦爛的笑容繼續說道：

「好！那麼我們就來問問爸爸媽媽是怎麼製造出你們的吧！」

聽見七罪絕望性的宣言，不只學生，連家長們也都抖了一下肩膀。

（——不要再說了啦啊啊啊！）

（不會吧啊啊啊啊啊！）

（我才不想聽啊啊啊啊啊！）

學生們不成聲的吶喊充滿了整間教室。士道聽見站在自己右手邊的教育長一臉不悅地清了清喉嚨。

不過，七罪一副完全沒察覺的樣子，豎起一根手指說：「要、點、誰、好、呢？」開始指著學生們。

「好！那麼就先點山吹同學，麻煩妳嘍。」

「咦咦！」

亞衣發出由衷嫌惡的哀號聲。教育長的眉毛抖動了一下。

（亞衣！不行啦！要微笑、微笑！）

（要是教育長以為學生討厭上這堂課就完蛋了啦！）

麻衣和美衣用眼神傾訴她們的意見。於是，亞衣即使露出一副泫然欲泣的表情，仍然擠出僵硬的笑容。

「哇！被……被老師點到真是好開心啊！來……來吧，爸爸，快點回答。」

「唔，最近的教學觀摩上的內容還真有意思呢。」

亞衣說完，到剛才為止還戴著奇怪面罩的亞衣父親便露出認真的神情。

「就算簡單地問小孩的製造方式，但也有好幾種模式。既然難得有這個機會，我就來說說懷上亞衣時的做法吧。」

「…………！」

亞衣頓時漲紅了臉。不過，她的父親完全不感到害臊地繼續說道：

「首先，在滿月的日子，讓妻子躺在用雞血描繪的魔法陣上。」

「給我等一下！」

亞衣高聲吶喊，抓住父親的衣服胸口。不過，她大概是馬上察覺到教育長的視線，抖了一下肩膀，露出僵硬的笑容。

「真……真是的，討厭啦，爸爸，你真愛開玩笑。老……老師，可以的話，也請妳問問其他同學。」

「咦咦？好吧……那麼，接下來拜託葉櫻同學好了。」

「……！真……真是榮幸啊……」

這次換麻衣的臉上浮現僵硬的笑容。不容拒絕，宛如地獄的回答。總覺得好像是什麼詭異新興宗教的研討會一樣。

在麻衣的催促之下，剛才穿著緊身衣的母親便開始訴說：

「這個嘛，首先我跟天性變態的臭豬頭認識的過程——」

「臭豬頭？」

「啊，不好意思，是指我丈夫。」

（——竟然是老公啊！）

學生們同時在內心吐槽。不過，麻衣的母親毫不在意地繼續說道：

「哎呀，他本來是我店裡的客人，這樣叫他他就會很開心。基本上喜歡人家凌虐他，懷上這孩子的時候，我也用皮帶把他綁得牢牢的，可是那傢伙沒經過我的允許——」

「老……老師！為了參考更多方的意見，要不要再問問其他同學？」

麻衣舉起手打斷母親。

「唔，這樣啊。剛才的分享也很有意思呢……不過算了。那麼接下來請藤袴同學。」

「！呃，那……個……我爸媽都很忙，今天是我叔叔來！真……真是可惜呢！」

「跟我睡過的女人，沒有一個人還活在世上。」

「Shut up！」

美衣堵住面不改色如此回答的叔叔的嘴巴。

士道發現教育長因這一連串的問答而冒出青筋。

「我問你……這個班級上課時，通常都是這種感覺嗎？」

「不……不是，那個……」

正當士道煩惱著該怎麼回答心情明顯變惡劣的教育長時，這次換七罪莞爾一笑，望向士道。

「那麼，這次來問問士道同學和他的母親吧。」

「什麼——」

「……！」

聽見七罪說的話，四糸乃屏住了呼吸。

「好了，請回答。小嬰兒是怎麼製造出來的呢？請告訴妳的兒子。我認為親子合作才能製造出教學觀摩的回憶喔。」

「那……那個……」

「麻煩妳了。」

七罪有些興奮地說道。儘管四糸乃一臉困惑地將眉毛皺成八字形，還是開啟了顫抖的雙唇。

「呃……那個是因為……」

「是。」

「男……男人和女人……那個……」

「那個什麼？」

七罪以緩慢的動作走過來後，輕輕抬起四糸乃的下巴。看見這煽情的舉動，士道不由自主地心動了一下。

「來……請告訴我們吧。」

七罪催促四糸乃繼續說下去。四糸乃滿臉通紅。

「喂……喂，有點太過分了吧……」

士道臉頰流著汗水，試圖制止七罪，結果右方突然傳來一道聲音。

「……希望妳不要再胡鬧了！」

用不著說，是栗生教育長。他受不了七罪過於自由奔放的教學，表現出不耐煩的神色。

「我從剛剛開始就看在眼裡，妳到底在幹什麼！離那位女士遠一點！妳難道沒有身為教師的自覺嗎！」

「哎呀？你怎麼啦，呃……你是誰的父親來著？」

「妳在裝什麼傻啊！真可悲，這就是實際進行教學的老師的水準嗎？再說，那是什麼寡廉鮮恥到極點的打扮啊！妳給我聽好了，教師不是上上課就了事，還必須成為學生的榜樣！尤其我們天宮市從全國的角度來看，也是空間震災害頻繁的地區。妳這副德性，遇到緊急狀況時保護得了學生嗎！」

教育長大聲咆哮後，七罪便戲謔般瞇起眼睛說：

「哎呀、哎呀，那麼大聲怒吼的話，血壓會升高喔。」

（不要在這時候火上加油啊啊啊啊啊！）

學生們的吶喊在內心迴盪。教育長一臉不悅地皺起眉頭。

「夠了！我已經十分清楚了。看這種情況，會出現那種傳聞也一點兒都不奇怪。這件事情，我要帶回去教委討論。最壞的情況，應該會派遣特別更生委員來吧。」

「什麼……！」

士道瞪大雙眼，屏住了呼吸。不只士道，班上的每個同學也都同時露出絕望的表情。

或許是感受到了大家的心情，四糸乃露出困惑的表情對教育長說：

「那……那個……我不要緊……而且，我想……老師也沒有惡意。」

「問題不在這裡，這位媽媽……嗯？」

教育長望向四糸乃，露出疑惑的表情。

「……失禮了，妳看起來很年輕呢，是學生的家人嗎？」

「是……是的……那個，我是五河士道的……媽媽。」

「我是他爸。」

「…………」

四糸乃和「四糸奈」如此說完，教育長便一臉困惑地皺起眉頭。

「討厭啦，你一直盯著人家看，人家會害羞。戳戳。」

或許是無法忍受這陣沉默，加了鬍子的「四糸奈」輕輕戳了戳教育長的鼻子。於是，教育長的表情瞬間變得嚴肅。

「你這是在幹什麼！」

說完，教育長抓住「四糸奈」的頭，將她從四糸乃的手上拿了起來。四糸乃發出「噫！」的一聲，頓住了呼吸。

「我不會要妳別玩娃娃，但妳好歹也該分清楚時間、場合跟地點吧。不覺得對初次見面的人很失禮嗎？」

「糟……糟了……！」

士道因戰慄而皺起臉。教育長說的話句句有理，但對精靈宣揚那種常識也沒用啊。尤其是四糸乃，雖然個性溫和，不過一旦跟朋友「四糸奈」分開，精神狀態馬上就會變得不穩定。

「啊……啊，四……四糸……奈……」

「四……四糸乃，妳冷靜一——」

不過，當士道想要安撫她的時候已經來不及了。四糸乃不停顫抖著，眼眶泛淚，下一瞬間，周圍的氣溫一口氣下降，緊接著校舍開始響起嘎吱聲響。

「這……這是……怎麼回事……！」

教育長發出驚慌失措的聲音，而士道則是緊咬牙根。這個聲響，士道以前也曾經聽過。是在水管裡流動的水因四糸乃的靈力凍結、隆起，正在破壞校舍的建材。

不……恐怕不只如此。這棟來禪高中的校舍平常因為十香和其他精靈的關係，處於比普通校舍更嚴苛的環境下。因此，累積的損害一口氣顯現出來了吧。

不久，校舍開始喀噠喀噠地震動，牆壁和天花板產生龜裂。

「怎……怎麼會這樣……！」

「呀啊啊啊啊！」

「快……快逃！」

學生和家長們慌慌張張地逃離教室。這個時候，「四糸奈」從受到人潮推擠的教育長手上掉落，被學生們踢到，飛向教室的角落。

「啊……！」

「士道！四糸乃！這是——」

十香看見混亂的學生們而感到吃驚，對士道如此說道。士道用眼睛追尋「四糸奈」的行蹤，一邊回答十香：

「十香妳先逃吧！我讓四糸乃冷靜下來之後，馬上就會追上去！」

「可……可是——」

「好了，十香妳也快點逃吧！」

「這真的不是開玩笑的！」

「這是怎麼回事，神明動怒了嗎！」

亞衣、麻衣、美衣各自開口，拉著十香離開教室。

士道等人潮散去後撿起「四糸奈」，接著衝向發出啜泣聲的四糸乃身邊。

「妳……妳看，四糸乃！四糸奈在這裡喔！」

士道一邊說著一邊將「四糸奈」套進四糸乃的左手。於是，「四糸奈」頓時挺直了背脊，撫摸她的鬍鬚。

「你好，我是士道他爸。」

「四……四糸奈……！」

四糸乃露出安心的表情，將「四糸奈」抱在懷裡。「四糸奈」被緊緊夾在四糸乃因七罪的變身能力而變得豐滿的胸部。

「呀！好～～難～～受～～啊！」

「抱……抱歉，四糸奈……」

士道看著兩人的互動，「呼」地吐了一口氣後牽起四糸乃的手。所有人已經前往避難，教室裡沒有其他人。牆壁和天花板竄過好幾道裂痕，現在也好似快要崩塌了。

「四糸乃，總之，我們先離開這裡吧。」

「好……好的……！」

四糸乃點了點頭，回握住士道的手。然而——

「嗚哇……！」

「呀！」

當士道和四糸乃要離開教室的瞬間，一聲轟然巨響，天花板應聲崩落，擋住了兩人的去路。

「呼……！呼……！」

順利逃出崩毀校舍的栗生教育長走到校園後才終於鬆了一口氣。

他完全不明白究竟發生了什麼事。觀察周遭的情形後，似乎並非發生地震……莫非是工程偷工減料之類的嗎？

周圍聚集了疑似從其他教室逃出來的學生、老師以及家長們，宛如在開全校集會一般。

各個班級的班導為了確認自己班上的學生和家長是否全員到齊而開始點名。就連剛才教學十分差勁的二年四班班導，也像是看見周圍的老師們這麼做才終於意會過來似的，開始確認人數。

「士道跟四糸乃不在！」

此時，一名叫作十香的女學生突然大聲吶喊。

「他們一定還在裡面！我去救他們！」

說完，十香打算回到快要倒塌的校舍。三名女學生急忙阻止她。

「不……不行啦，十香！」

「對啊，很危險耶！」

「校舍感覺就快要倒塌了耶！」

「放……放開我……！」

十香想要甩掉三人的制止。就在這個時候，有個人把手搭在她的肩上。是四班的班導師。

「我去救他們，十香。妳留在這裡。」

「七罪……？」

十香將眼睛睜得圓滾滾的，被喚作七罪的老師便對她眨了眨眼。

然後，脫下腳上穿的高跟鞋，把裙子開的衩撕得更高以方便腳活動，接著衝進校舍。

「什麼……！」

看見那出乎意料的行動，栗生教育長瞪大了雙眼。他萬萬沒想到那個不良教師竟然會說出這種話。

「有……有人衝進去裡面了！」

「真的假的！很危險耶！」

「喂……喂，要崩塌了耶！」

有人如此大喊後，同時傳來一道「轟隆……」沉重的聲音，校舍的一部分塌陷了下去，揚起漫天的沙塵，四周吵嚷了起來。

然而，下一瞬間……

「——嗚哇啊啊啊啊！」

「呀……！」

從上方傳來這樣的尖叫聲後，一道影子旋即從沙塵中衝了出來。

仔細一看，發現是將學生和他的母親抱在兩邊腋下的七罪老師。看來，她在崩塌的瞬間，從窗戶跳了下來。

抱著兩人的七罪在校舍旁的草叢著地。頓了一拍後，瞠目結舌地注視著這一幕的學生們同時掀起一陣掌聲。

「好強！好強！剛才那是怎樣！」

「喂，你們沒事吧！」

學生們你一言我一語地說著，一邊聚集到三人身邊。然後，七罪老師站起身來露出笑容，比出V字勝利手勢回應大家，癱坐在地上的兩人似乎也沒什麼大礙。

「…………」

栗生教育長看著這幅情景，思考了一陣子後，踏著緩慢的步調走向三人的身邊。

然後站在七罪老師的面前，一臉不悅地開口：

「……妳為什麼要做出那種事？不覺得很危險嗎？」

「咦咦？現在幹嘛還要問這個？大家都平安無事不就好了嗎？」

七罪老師聳著肩回答。栗生推了推眼鏡，同時繼續說：

「就結果而言或許是這樣沒錯。但妳有沒有想過，妳魯莽的行動可能會造成更大的傷害。」

「——因為，今天的我是『老師』啊，拯救學生是我的職責吧？」

聽見栗生說的話，七罪若無其事地回答。

「…………」

栗生又沉默了一會兒。不久，他胡亂搔了搔頭髮，慢慢背對七罪。

「……妳的品行果然還是有問題，日後我會寄特別講習的通知給妳。」

聽見栗生說的話，學生們皺起了眉頭。

「請……請等一下。」

「老師是為了救五河同學他們——」

「——請接受講習，努力對這裡的學生施以適當的教育。」

不過，栗生繼續如此說了。學生們一瞬間露出呆愣的表情，然後興奮地歡呼。

◇

當天放學後。

「……對不起。」

「……對不起。」

恢復原本姿態的七罪和四糸乃同時在五河家的客廳深深地低頭道歉。

將身體不舒服的岡峰老師扶到保健室，打算代替她公開授課，到這裡為止都還好（不對，會有這種想法可能根本上就是個錯誤），但變身成大人模樣的七罪有許多事都做得有點過火了。

明明內涵並沒有因此改變，不過七罪一旦成為大人就會跳脫天生的負面思考，變身成豪放的大姊姊。然後，恢復成原本的姿態時，想起大人模樣做出的各種好事，就會「啊啊啊啊啊啊啊啊啊啊啊啊啊啊啊啊啊啊啊啊啊！」地懊悔不已。

「我說妳們啊……」

士道臉頰流下汗水，抓了抓頭。七罪和四糸乃抖了一下肩膀。

「抱……抱歉……可是，四糸乃沒有錯。是我請她幫忙的，要罵就罵我一個人吧。」

「別這麼說……校舍毀壞是我的責任……不是七罪的錯……」

「四糸乃……！」

聽見四糸乃說的話，七罪連忙搖了搖頭。七罪無法忍受只是奉陪自己的四糸乃受到責罰。錯不在四糸乃，是自己。七罪試圖想辦法解釋，倉皇失措地揮動雙手。

「……唉。」

不過，士道看見兩人的模樣，既沒有出聲斥責也沒有揮下拳頭，只是唉聲嘆了一大口氣。

「妳們想為我留下教學觀摩的回憶，我很開心。謝謝妳們。」

「啊……唔……嗯……」

「可是，雖說不是故意的，但妳們給大家帶來麻煩，這一點我就無法苟同了。」

「啊……嗚嗚……」

被士道這麼一說，兩人縮起肩膀。

士道環抱雙臂繼續說：

「所以，我要罰妳們兩個人——幫忙準備今天的晚餐。」

「……！咦？」

「晚……晚餐……嗎？」

聽見士道說的話，七罪和四糸乃睜圓了雙眼。

「好了，快點去準備吧。不快點的話，十香她們就要來了。」

「嗯……嗯……！」

「好的……！」

七罪和四糸乃一瞬間看向彼此後，發出精神奕奕的聲音如此回答。

日後，身體恢復健康的岡峰珠惠老師收到了沒有印象自己有做過這種事的感謝狀和特別講習通知單，令她感到十分困惑。不過……那又是另一個故事了。

調查員真那

ResearchMANA

DATE A LIVE ENCORE 3

「哼～～哼哼哼～～」

崇宮真那哼著自己也不知道歌名的歌，漫步在午後的住宅區。

她是一名將及肩頭髮綁成馬尾，看似聰明伶俐的少女。她左眼旁的一顆愛哭痣以及中性的五官是她最大的特徵。

「哎呀，好久沒來這一帶了呢。小的我忙歸忙，還是得偶爾讓哥哥看看我的臉嘛，要不然他可能會寂寞得嗝屁也說不定呢。」

真那說著分不清是謙虛還是粗魯的話，輕快地走在路上。

現在真那前往的是哥哥五河士道的家。明明是親生哥哥，兩人的姓氏卻不一樣，總之，有複雜的原因。

真那依靠記憶前進一會兒，終於抵達目的地。那是一棟有著藍色屋頂的兩層樓建築，門牌上寫著「五河」兩個字。

「到了。」

真那並沒有通知士道今天會來拜訪。她想像士道吃驚的模樣，呵呵地露出微笑。

不過，當真那正想按下門鈴的時候，卻在前一刻停下了手指。

「……啊，對了，不知道琴里是否在家。」

真那額頭冒出汗水如此說道。

琴里是士道沒有血緣關係的妹妹的名字。真那記得她應該跟士道一起生活在這個家中。

話雖如此，真那和琴里之間並沒有火水不容或是相處起來不愉快這類的事。

只不過……真那現在因為諸多理由，要是被琴里找到就大事不妙了。

「要是被琴里抓到，她一定會二話不說把我送進醫院吧……」

真那說著容易招人誤解的話，搔了搔臉頰。確認四下無人之後，沒有按下電鈴，直接潛進五河家的庭院。然後，走到能窺視客廳的中庭。

真那從外頭觀察屋裡的狀況，如果琴里在家就改天再來拜訪。這手段或許不是那麼令人讚賞，但她也是迫於無奈。

「我看看，哥哥在不在……」

然而，當她躲在草叢窺視窗戶的瞬間——

「什麼……！」

真那不由自主地瞪大了雙眼。

「這……究竟是怎麼回事啊……」

她的臉染上了戰慄和恐懼之色，並且發出顫抖的聲音。

不過，這也難怪吧。畢竟擴展在她眼前的，是一時半刻間令人難以置信的光景。

「怎麼比以前還要多人啊……！」

沒錯。五家河的客廳裡有單手數不完的人影映入真那的眼簾。

首先是士道。這沒什麼問題。因為這裡本來就是士道的家，真那也是為了見他才來這裡。

然後是士道沒有血緣關係的妹妹琴里。她會在這裡也算是合情合理。雖說沒有血緣關係，但她畢竟是士道的妹妹。

不過，問題在於接下來的人物。

「喔喔，這個好好吃喔！四糸乃妳也吃吃看！」

「啊——好的，謝謝妳。」

聲音透過窗戶傳到外頭。正在交談的是擁有一頭如夜色般的長髮與水晶眼瞳的少女，以及左手戴著兔子手偶的嬌小少女。她們分別是住在五河家隔壁公寓的十香和四糸乃。老實說，真那曾經見過她們……不過看來她們似乎經常出入五河家的樣子。

接著將視線移向對面的沙發後，便看見熱衷於打電玩、長相一模一樣的雙胞胎。

「唔，可惡啊……！竟然對本宮扔紅龜殼，吾要汝付出代價……！」

「嘲笑。是疏忽大意的人活該。看夕弦的第二發攻擊。」

「唔哇！」

兩人操作控制器，戰況進入白熱化。真那也曾經見過她們，雖然當時是在戰鬥中就是了。記得這對姊妹的名字好像叫作八舞耶俱矢和八舞夕弦。看似活潑的耶俱矢以及文靜的夕弦，包含體型的差異在內，真是搭配得天衣無縫的陣容。

光是這些人就已經夠嗆了，但真那還沒有數完。看見在客廳角落打打鬧鬧的兩名少女，真那嚥了一口口水。

「討厭啦，七罪真是的。就算是家居服也不能疏忽大意喲！女孩子得保持時時刻刻被人家注目的自覺才行。啊，對了！等一下妳有空嗎？人家來幫妳搭配服裝～」

「呀！呀————！」

其中一位是被喚作七罪，真那未曾謀面的嬌小少女。亂翹的頭髮以及一臉不悅的容貌，看來似乎被另一名少女從背後摟住，正揮舞著手腳掙扎。

而正抓住那名少女的最後一人——正是當今日本人氣首屈一指的偶像，誘宵美九本人。

真那深深呼吸了一口氣好讓劇烈的心跳冷靜後，一根根折起雙手的手指。

「一、二、三、四、五、六、七……」

七個人。加上琴里，總共七名少女正聚集在五河家中。與其說是士道的自家，不如說是女校宿舍，要不然就是受到士道寵愛的少女們齊聚一堂，宛如大奧的風情。

真那對自己的粗心感到後悔。沒想到才一陣子沒注意，就演變成這種狀態……！

「這……怎麼行！太齷齪了！齷齪of the Dead，哥哥……！」

真那握緊拳頭。雖然她也搞不太清楚自己在說些什麼，但總之就是不行。沒錯。男人就該忠實地只愛著一個女人才行。

現在是怎樣？七個人。曾幾何時，真那所敬愛的偉大哥哥竟然變成了腳踏七條船的花花公子。翁倩玉說女人是海，士道簡直就是遊走七片海洋的男人。大海盜船長士道。

「……！不，不只如此。」

真那像是改變想法似的搖了搖頭。她忘記了某位人物。

「說到這裡，還有姊姊……不對，是鳶一上士。」

真那吐出這個名字的同時，流下一道汗水。

沒錯，鳶一折紙。真那的前同事，也是士道的戀人（自稱）。現在似乎沒在家裡看見她，但若加上她，士道就對八名少女出手了。

八人。這未知的數字令真那感到頭暈目眩。

「不……不對……還不能妄下定論……」

真那搖了搖頭，振奮心情快要陷入消沉的自己。

她們和士道的關係還沒有明朗。即使大家感情親密，士道也可能只鍾情當中的一個人。雖然這幅情景怎麼看都是酒池肉林的後宮，但光憑這樣就判斷真那的哥哥違背人道，未免言之過早。

「如此一來……只能調查看看了。」

真那露出銳利的視線後，舔了一下嘴脣。

◇

「好了……說是這麼說，但究竟該從哪裡著手呢……」

真那藏身在五河家的中庭，手抵著下巴低吟。

說是調查，但只是像這樣子觀察，能得到的情報還是有限。話雖如此，現在闖進家中也不是個好辦法。士道在少女們的注視之下想必不好開口，更重要的是，等盤問完之後，真那被琴里逮住的可能性也很高。

這時，果然還是採取個別直接問話的方式比較妥當。不過因為上述的理由，要是琴里發現真那的存在，大事可就不妙了。就算只監視琴里一個人，也得想想辦法——

就在這個時候——

「好了，七罪！別害怕啦～～跟人家一起去買衣服吧！達令，七罪借人家一下喲～～」

「我不是說我不要去嗎啊啊啊！」

正當真那思考著這種事情的時候，家裡傳來這樣的聲音。

不久，玄關門打開，出現了剛才一直在打打鬧鬧的美九和七罪。看來兩人似乎要出門。

「好了，我們走吧，七罪。人家會把妳打扮成公主的模樣。」

「呀啊啊啊！四糸乃——！四糸乃——！」

……不過，與其說是感情融洽地外出，不如說像是被逼著拖去看牙醫的小孩，或是被賣到市場的小牛那樣的狀態吧。

「……總……總之，這是個好機會。」

真那打起精神輕輕點了點頭。她正好想追根究柢，個別詢問她們與士道的關係。而且，美九和七罪都不認識真那，這真是求之不得的好機會。

「很好……！」

真那下定決心後，跟在走出五河家的兩人後頭。

話雖如此，她們離開得並不遠。美九和七罪還待在走出家門後數公尺的位置。

「放～～開～～我～～啦！我才不想買什麼衣服……！」

「沒關係啦～～人家會把妳打扮得非常可愛～～」

「就說了，沒人拜託妳——！那種……事吧……」

不知為何，七罪話說到一半，聲音突然變小。看樣子，似乎是因為說話太大聲，被路人行注目禮而感到難為情的樣子。

「總……總之，我要回去了……」

「有什麼關係嘛～冬天快到了，稍微改變一下形象嘛～妳難道不希望達令和四糸乃她們稱讚妳『可愛』嗎？」

「唔……」

聽見美九說的話，七罪有所反應，抖了一下。

不過，她馬上又像是改變了念頭般用力搖了搖頭。

「別……別說傻話了。他們怎麼可能會稱讚我……」

話說到一半，七罪沉靜了下來。恐怕是認為如果是士道或四糸乃等人，或許會稱讚自己可愛吧。也許是察覺到七罪內心的糾結，美九一臉愉悅地面帶微笑。

不久，七罪臉頰微微泛紅，別開視線並開啟雙脣：

「……妳說的是真的吧？」

「什麼？」

美九可能明白這句話意味著什麼意思吧，只見她嘴角綻放出滿足的笑容反問。於是，七罪發出「唔……」的聲音，一臉懊悔地握緊裙襬。

「……妳說士道和四糸乃她們，會稱讚我……可愛……」

七罪如此說完，美九便露出感動萬分的表情說：「討厭啦！」然後緊緊抱住七罪。

「啊啊！受不了，真是太可愛、太可愛、太可愛了～～」

「喂……！」

七罪連忙用手臂頂開美九。

「…………」

看著這幅情景，一直在聽她們談話的真那臉頰流下一道汗水。

七罪先前明明那麼抗拒去服飾店，竟然只聽到「士道會稱讚自己可愛」，態度就產生如此大的轉變。而且，她的表情怎麼看都像是戀愛中的少女。

美九更是嚴重。乍看之下似乎很喜歡可愛的女生，但真那的耳朵並沒有漏聽她非常自然地使用「達令」這個稱呼。

達令，也就是親愛的。用不著解釋，是用英文表示最愛之人的詞彙。而且，從七罪的反應來看，那無庸置疑是指士道。

真那不由得差點當場跪倒在地。那位國民偶像誘宵美九竟然在這種路上，毫無忌憚地說出「達令」這個字眼。士道究竟對美九做了什麼事？

「要……要去的話，就快點走吧……！反正妳挑衣服會挑很久……」

「好～那我們就快點走吧！」

說完，兩人終於邁開步伐。真那千頭萬緒不停思考後，猛然抖了一下肩膀，立刻跟在兩人的後頭。

然後，不知道離開五河家多遠的距離，當她們走到即使有些吵鬧，士道等人也不會發現的距離時，真那繞到兩人的前面，張開雙手雙腳擋在路中央。

「——稍微打擾一下。」

「哎呀？」

「……！」

真那阻擋在前方，美九便納悶地歪了歪頭，而七罪則是震了一下肩膀，挪開視線。

「呵呵呵，怎麼啦？妳找我們有什麼事——」

美九話說到一半，像是察覺到什麼事情般捶了一下手心，面帶微笑地握住真那的手。

「謝謝妳平常的支持～～要擁抱一下嗎？」

「咦？」

面對突如其來的事態，真那發出錯愕的聲音。不過，她馬上意會過來。看樣子，美九似乎誤以為她是自己的歌迷。真那搖搖頭予以否定。

「不，我不是妳的歌迷。」

「啊，人家誤會了嗎？真是失禮了～～那妳找我們有什麼事嗎？」

「這個嘛……」

真那雖然被美九獨特的氛圍所震懾，但還是下定決心繼續說道：

「妳可能會認為我怎麼會突然問妳這種奇怪的問題……不過，我還是想請教一下，請問妳們跟我哥——不對，跟五河士道是什麼樣的鬼關係？」

「咦？」

「……跟士道？」

聽見真那說的話，美九將眼睛瞪得圓滾滾的，而七罪則是發出疑惑的聲音。

不過，這也無可厚非吧。要是有素昧平生的陌生人問真那這種事，她也肯定會有所戒備。她們的反應可說是再自然不過了。

然而，美九卻突然莞爾一笑，繼續說道：

「呵呵，說妳是想挖人家醜聞的記者……未免也太年輕了呢。難不成，妳也喜歡達令？」

「什麼！」

聽見出乎意料的話，真那不由得睜圓了雙眼。

「妳……妳所謂的達令，果然是……」

「達令就是達令啊～～呵呵呵，達令真是罪孽深重呢～～竟然有這麼可愛的女生愛慕他。」

「……呃……」

真那不知該做何反應，瞇起雙眼。話雖如此，既然她都誤會了，也沒必要特意否定吧。而且，親情也是一種愛。

正當真那思考著這種事情的時候，美九扭動著身體繼續說道：

「人家跟達令的關係……是嗎？嗯……一言難盡呢～我就只說我們曾經在休息室接吻，還有他曾經脫光人家衣服這兩件事好了～」

「什麼……！」

聽見美九羞紅著臉嚷嚷：「討厭啦～」真那覺得一股戰慄在體內流竄。

接吻……加上脫光衣服……！聽見與自己心目中的「哥哥」形象相差甚遠的字詞，真那的腦海混亂了一陣子。

不過，事情還沒有結束。美九「啪」的一聲把手搭在七罪的肩膀上，隨後——

「不過，七罪也有跟達令接吻吧？」

投下更勁爆的發言。

「……！」

「什……什麼……！」

七罪慌張得眼珠子直打轉，而真那則是露出啞然無言的表情。

「對吧，七罪？」

「這……這個嘛……算是吧……」

「────」

聽見七罪一臉害羞、臉頰泛起紅暈說出的話，真那感覺到自己的視野逐漸變得一片白。腳踏兩條船、違背倫理道義、戀童癖、案件、犯罪……等單字在她的腦海裡瘋狂地舞動。

「我……我……告辭……了。」

說完，真那踏著踉蹌的腳步打算從兩人面前離去。

不過就在這一瞬間，美九一把揪住她的脖子。

「咦……？」

面對出乎意料的事態，真那發出吃驚的聲音，美九便浮現滿面笑容。

「呵呵呵，在這裡見面也是一種緣分，妳也一起來如何？雖然妳現在的樣子就很可愛了，但人家可以讓妳更加閃亮動人喲～～」

「咦？不……不用了，我……」

「用不著客氣啦。我們都是愛慕達令的女孩子嘛～～呵呵呵，這種中性的風格也很適合妳，但妳要不要挑戰看看更有女人味的打扮呢？」

「咦！啊！等一下……咦……咦咦！」

真那和七罪兩人一起被美九拖著走。

「呼……！呼……！逃到這裡就沒問題了吧……」

真那躲到圍牆的暗處，吐著急促的氣息，用手臂擦拭額頭上的汗水。

在那之後，真那被美九拖到複合式精品店，被半強迫地接受她幫自己搭配服裝。不過在她試穿衣服的時候，美九會從布簾的隙縫偷看她，或是說著：「那是這樣穿的啦～～」然後想讓她敞開胸口，所以一結完帳，真那就感受到危機而逃之夭夭。

「不知道七罪要不要緊……」

真那的腦海裡浮現她一個人逃出來的時候，七罪充滿悲愴的表情……不過，她們本來就預定兩個人出門，只好請她忍耐了。

「……唉！」

有一輛車停在路上，真那看著自己映照在後照鏡上的身影，輕聲嘆息。

真那的服裝從先前穿著的連帽上衣加短褲，換成可愛無比的女用襯衫和裙子。另外，原本綁成馬尾的頭髮則是放了下來，輕快地隨風飄揚（其實美九原本勸她綁成雙馬尾，但基於妹妹的排名，真那的自尊心不允許，因此拚命拒絕。因為士道的妹妹排名，真那終究是第一位，而琴里才是第二。）

總之，現在真那的樣貌宛如哪裡來的千金小姐，她甚至有一瞬間認不出自己的姿態。

「該怎麼說呢，有一種不可思議的感覺呢……」

該說不愧是人氣偶像嗎？她似乎確實很有服裝品味。不過……還是彌補不了她那變態的言行舉止毀壞了「誘宵美九」形象的這件事。

「總……總之，現在要處理哥哥的事。」

真那呢喃著打起精神，將視線從後照鏡上移開，邁開步伐。

根據剛才探聽到的消息，發現士道腳踏三條船（包括折紙在內）。而且新劈腿的對象，一個是國民偶像，另一個則是年幼的少女。對於士道這過分肉食系的貪婪程度，真那感到有些暈眩。

「……至少、至少請你腳踏三條船就好……」

真那如此祈求並且回到五河家。其他的少女應該還留在這裡。

「其實問琴里是再好不過了……」

真那發出「唔唔」的低吟聲。

琴里雖然不像真那和士道有血緣關係，但她也是士道的妹妹，而且是〈拉塔托斯克〉的司令官，恐怕最了解詳細情形的人就是她了吧。

而事實上，真那應該也曾經把哥哥託付給她照顧，然而……

「琴里到底在搞什麼鬼啊……！根本沒有好好管理哥哥嘛……！」

真那愁眉苦臉地緊咬牙根。

這時，真那偷看了家裡一眼，發現情況跟剛才有所不同。

美九和七罪當然不在，但也不見士道、十香、耶俱矢和夕弦的蹤影。當然他們也可能待在家裡的某處，但現在能看到的，就只有待在廚房的琴里和四糸乃兩人的身影。

「琴里……和四糸乃……」

從這裡沒辦法聽清楚兩人的聲音。真那一邊謹慎地注意周圍的狀況，一邊壓低腳步聲朝廚房移動。

然後慢慢窺探家裡的同時，傳來兩人的對話聲。

「啊！四糸乃，碗盤放在那裡就可以了，我等一下會洗。」

「謝謝妳。那個……妳不介意的話，我也來幫忙。」

「喔喔，沒關係啦。我來洗就好。」

「可是……」

當四糸乃話說到一半的時候，她左手的「四糸奈」不停舞動著雙手。

「呵呵呵，不行喲，四糸乃。琴里想趁士道不在的時候，幫他的忙～～」

「……！」

聽見「四糸奈」說的話，琴里屏住了呼吸。不過，「四糸奈」算是說中了琴里的心聲吧。琴里沒打算反駁。

「對……對不起，我太遲鈍了……」

「沒……沒關係啦……該怎麼說呢？平常這種事情全都扔給士道做嘛，所以我想說偶爾幫他一下……」

琴里一臉難為情地移開視線說道。

「…………」

看見琴里那隱約透露出超越兄妹之情的表情，真那皺起了眉頭。

「……怎……怎麼可能嘛。哥哥跟琴里好歹也是兄妹耶……」

真那搖了搖頭改變想法。或許是因為剛才的事情，她似乎變得有些神經質。

「啊──那麼，我來整理房間。」

「四糸乃？」

「我也……想要幫上士道的忙。」

「這樣啊……也好。那就麻煩妳嘍。」

「好的！」

四糸乃精神百倍地回答，接著開始收拾放在桌上的東西。琴里看著這幅情景，開始洗碗盤。

光看這一幕會覺得是少女們十分溫馨的畫面。不過，她們行動背後的動機是為了幫忙士道

……這個事實，令真那的內心感到騷動不安。

「不……不行不行，想太多不是件好事……」

怎麼樣都會往壞的方面去想。真那深呼吸，好讓心情平靜下來。

然而，就在這個時候——

「啊……」

四糸乃拿起放在桌上、裡面還裝有液體的保特瓶後，望向琴里。

「那個，琴里。這個是……」

「嗯？噢，是士道的，拿出來喝就沒放回去。可以幫我把它放到冰箱裡嗎？妳要是口渴的話，把它喝掉也沒關係。」

這時，「四糸奈」對琴里說的話產生反應，抖了一下耳朵。

「咦？那是指可以跟士道間接接吻嘍？」

「咦……！」

「…………！」

應該是沒有想得那麼深入吧，只見琴里和四糸乃同時倒抽了一口氣。

「唔哼～～妳們是在害羞什麼啊？妳們兩人何止間接，不是都和士道直接有過熱～～烈的親吻嗎？」

「什麼……！」

聽見「四糸奈」的發言，真那的臉頰抽動了一下。這句話可不能聽過就算了。為了不漏聽她們的談話，真那把耳朵貼在窗戶上。

「妳……妳突然說這是什麼話啊……！」

「四……四糸奈……！」

「咦？可是四糸乃，妳當時沒有跟士道接吻嗎？」

「唔……是……有啦……」

「…………！」

聽見四糸乃一臉難為情地低著頭說出的話，真那屏住了呼吸。

「琴里不也是在遊樂園的時候跟士道接吻了嗎？話說，真是好奇耶。那士道的初吻，究竟是什麼時候獻給誰的啊？」

「唔……唔……這個嘛……應該是五年前……獻給我了吧……」

（——琴里啊啊啊啊啊啊啊啊！）

沒想到琴里竟然會說出如此爆炸性的發言。真那瞪大雙眼，眼珠就快要從眼窩掉出來，在內心大聲吶喊。

五年前。換句話說，琴里見到真那的時候，早就已經和士道接過吻。布魯圖，你也有份嗎？

（註：「Et tu, Brute?」據傳是羅馬共和國獨裁者凱薩被至親之人布魯圖刺殺時留下的遺言，後來成為被至親

好友背叛時使用的格言）不知為何，真那的腦海突然浮現這句話。

不對，問題不只如此。距今五年前，也就代表是琴里八九歲的時候。當然，士道的年齡也要減五歲，但早熟也該有個限度吧。

「這……這就是……時下的年輕人嗎……！」

真那以絕望的心情低喃後，把手放在廚房的窗框上。

——就在這一瞬間，真那的手放的地方輕易就掉落在地，響起匡啷的聲音。

「什麼……！」

這突如其來的事態令真那抖了一下肩膀。她並沒有將太多的體重施加在上頭，窗框竟然那麼容易就壞了。是因為老朽化的關係嗎？

不過，她馬上發現並非這麼回事。仔細一看，掉落在地面的並不是窗框，而是巧妙偽裝成窗框的隱藏式攝影機的一部分。

「……這是……」

真那臉頰流下汗水，撿起那個零件。仔細一看，攝影機本身寫著「沒問題」，背面則是寫著「沒關係」……真是莫名其妙。

不過，她現在可沒辦法悠閒地待在原地。

「——剛才那是什麼聲音？」

「是……是從外面傳來的……！」

沒錯。因為待在家裡的兩個人已經發現剛才的聲音。

「唔……」

真那皺起眉頭，壓低姿勢離開現場。

然而，正當她想走出家門的時候，迎頭撞上從右邊走過來的路人。

「哇！」

「唔？」

本來真那可以輕易閃過，但由於她正在思考事情以及穿著不習慣的輕飄飄的裙子，所以反應似乎有點慢。她一屁股跌坐在地。

「痛死人了……」

「唔，抱歉，妳沒事吧？」

真那撞到的對象如此說完，朝她伸出手。真那回答：「不，我也很抱歉。」正想抓住那一隻手的時候——

「……！」

看見對方的臉，一瞬間啞然失聲。

不過，這也理所當然。因為站在眼前的，正是真那想問話的其中一名少女，夜刀神十香。

她穿著看起來方便行走的鞋子，手上提著白色的塑膠袋。看來似乎是外出去買東西了。

「唔……？我們有在哪裡見過嗎……？」

「……！沒……沒有……」

其實她們以前曾經見過面，但十香似乎因為真那的打扮和髮型不同而沒有認出她。

「唔……這樣啊。我覺得妳好面熟喔……」

當十香一臉疑惑地皺著眉頭時，有聲音從她的背後傳來。

「呵呵，怎麼啦，十香？竟然呆站在那裡。該不會是察覺到肉眼看不見的那些『傢伙』的氣息吧？」

「疑惑。那位小姐是？」

說完，八舞耶俱矢和八舞夕弦兩姊妹走了過來。看樣子，三個人似乎一起出門了。

「嗯，我剛剛在這裡跟她相撞。」

十香說完，耶俱矢交抱雙臂，發出爽朗的笑聲。

「呵呵，汝修行還不夠啊。如果是本宮，早就身輕如燕地轉過身，避開那位姑娘了呢。」

聽見耶俱矢說的話，十香發出「唔」的低吟聲皺起眉頭。

「要是平常，我也能避開啊。只是我剛才吃了一大堆士道煮的菜……唔，身輕如燕的相反叫作……對了，是肚子很沉重！士道害我肚子重得要命！」

「咦……！」

聽見十香爆炸性的發言，真那露出目瞪口呆的表情。

肚子很重，所以代表她懷孕了，肚子裡有小孩嗎？理解到這一點的同時，真那覺得自己的身體瞬間失去血色。

「忠告。十香……妳說的意思有一點偏掉嘍。」

「唔？是嗎？」

真那覺得夕弦和十香似乎正在說些什麼，但腦袋一片混亂的她根本聽不進去。

沒想到事情竟然進展到這種地步。士道還是高中生，別說結婚了，想必連和女朋友養育小孩都有困難。

真那感覺有一股怒氣隨著無可奈何的絕望和悲嘆湧上心頭。

「請問……士道這個臭傢伙有打算對妳負責嗎？」

「唔？妳認識士道嗎？」

「嗯，對，算是吧。以前曾經受到他的照顧。」

真那打馬虎眼如此說完，十香便輕易就相信似的回答：「原來如此啊。」

「——不……不談這個。到底是怎麼樣呢？妳也是在雙方同意之下，才……才演變成這種情況的嗎？」

「唔……我本來也沒打算弄成這樣，不過今天士道的技巧比平常更加精湛，等我發現的時候，就已經變成這樣了。」

「比平常更精湛……！請……請等一下，你們平常就在做這種事嗎？」

「妳在說什麼啊？那是當然的啊。」

「什……什麼……」

真那感覺到自己的牙根不停發出喀噠喀噠的聲響。沒想到真那的哥哥竟然是這種不知羞恥的大魔王……！

順帶一提，十香有說：「如果不每天吃飯就沒有力氣了不是嗎？」但真那完全沒聽見。

「妳……妳們，跟士道又是什麼樣的關係呢……！」

真那以尋求依靠般的心情望向八舞姊妹。

「哦？汝問本宮與士道的關係嗎？呵呵……這個嘛，用一句話來形容的話，他是和本宮交換血之契約的奴僕喲。」

「回答。夕弦和耶俱矢兩人同時被士道奪去重要的東西。從此以後，士道就變成了夕弦和耶俱矢的共同財產。」

「兩個人同時……！奴僕……！」

聽見新出現的異常情報，真那抱住頭。

「請……請給我等一下。怎麼可能……會發生這種事……」

她的雙腿不停顫抖，額頭冒出冷汗。

不過，她總不能一直保持這種狀態。十香露出疑惑的表情後，隨即動了動鼻子。

「唔……？這個味道，果然在哪裡聞過……」

「……！告……告辭了！」

真那一溜煙地拔腿逃離現場。

跑了一陣子，確認沒有人追上來後，她才放慢速度。

「呼……！呼……！」

然而，即使停下腳步，她的心臟依然劇烈地跳個不停。

不過，這也是理所當然。因為為了證明士道的清白所調查的結果，竟然發現士道對每個女生出手。

如果這一連串的對話是琴里早已發覺真那的存在，為了欺騙她而設計的整人橋段──那該有多好啊。

不過就真那的觀察，每一位少女看起來都不像在說謊，而談到士道的時候，也都露出戀愛中少女的表情。不管真那再怎麼想欺騙自己，既然看到那些畫面，也很難再以誤會解釋到底。

只能承認了。士道親吻過每一個少女（或是做出更進一步的行為），而少女們也都傾心於士道。無論再怎麼想蒙騙自己的心也無法改變這個事實。

不過，真那握緊了拳頭。

——對了。真那還有必須確認的事情。

「給我覺悟吧……哥哥。」

◇

「我回來了～」

買完東西的士道這麼說著，踏進自家的客廳後，所有人已經聚集在一起迎接他。

「啊！你回來啦，達令！你看你看！」

位於入口附近的美九情緒高漲地說道，接著牽起隔壁少女的手，展示給士道看。由於給人的印象截然不同，士道一時之間沒認出來，但這名身穿可愛輕飄飄連身洋裝的少女正是剛才被美九帶出去的七罪。

「喔喔，是七罪啊。什麼嘛，妳這樣不是很可愛嘛。」

「…………！」

士道說完，七罪難為情地羞紅了雙頰，支支吾吾回答：

「……謝……謝謝你的誇獎……」

美九露出一臉幸福的神情注視著這一幕，然後像是想起什麼事情一樣發出「啊！」的叫聲，拍了手。

「對了，達令。人家跟七罪去買衣服的時候，有個女生找我們說話喔……」

「？女生？是妳的歌迷嗎？」

「人家一開始也是這麼認為，不過，她好像不是人家的歌迷，而是達令你的粉絲喲。」

「啥……？」

士道目瞪口呆。

「我的粉絲……？那是怎麼一回事啊？」

「唔……詳細情形人家也不清楚，但她詢問我們和達令之間的關係。所以，人家認為她應該是喜歡你吧。」

「唔！」

像是對美九說的話起了反應似的，趴在沙發上的十香抖了一下。如果她有裝尾巴，肯定馬上豎起來。

「這麼說來，我們也有遇到那個女生喔。」

「咦？真的嗎？」

士道詢問後，這次換八舞姊妹點了點頭。

「嗯，吾等確實有遇到。而且在吾等跑腿完回家的時候，她正好從這個家門走出來呢。呵呵……這似乎有什麼內幕啊。」

「首肯。士道，你有什麼頭緒嗎？」

「問我……有沒有頭緒啊。」

士道一臉困惑地搔了搔臉頰。就算這麼問他，他也絲毫沒有頭緒。

「琴里跟四糸乃怎麼樣呢？有人來拜訪嗎？」

「沒有，沒有人來拜訪。啊，不過……」

琴里像是想起什麼事情似的用手托住下巴。

「？有發生什麼事嗎？」

「那個……我跟琴里在家時，廚房外面有發出聲響……簡直就像有人在偷看家裡……」

代替琴里回答的人是四糸乃。她把眉毛皺成八字形，有些害怕地縮起肩膀。

「妳說什麼？」

「這樣啊……原來那不是我多心啊。我很好奇十香和美九她們遇到的那個女生呢。如果只是士道的粉絲倒也罷了，但也難保不是DEM或AST的手下……」

琴里苦著一張臉低喃。

「總之，大家要警惕。〈拉塔托斯克〉這邊也會稍微調查一下。」

聽見琴里說的話，大家紛紛點了點頭。

其中只有七罪一個人若有所思地將手放在嘴巴上。

◇

隔天。

「——哥哥！」

真那高聲吶喊，「砰」的一聲打開通往五河家客廳的門。

士道坐在客廳的沙發上。或許是看見突然衝進家中的真那而大吃一驚吧，只見他慌張得眼珠子轉個不停。

「啥……！什……什麼事……？」

沒有看見其他人影。這也難怪。因為真那在家門口監視，確定只有士道一個人在家後才踏進家中。

「好久不見了，我是真那！雖然很冒昧，但我有話要問你！看到你身體健康我很開心，但你的精力是不是有點充沛過了頭呢？」

真那滔滔不絕地說完後，士道便一臉困惑地皺起眉頭。

「真那……？等……等一下！這究竟是怎麼回事！應該說，妳之前跑到哪裡——」

「廢話少說！好，給我乖乖地原地Stand up！」

真那勾了勾食指，士道雖然不知所措，還是當場站起身來。

真那一臉滿足地點了點頭後，環抱起雙臂繼續說道：

「昨天我稍微調查了一下你的女性關係。」

「女……女性關係……」

或許是沒料到真那會說出這種話吧，士道的臉頰流下汗水。

「事到如今，你也用不著裝蒜了。經過我詳細的調查，發現你是個令人訝異不已，腳踏八條船的花花公子。」

「腳踏八條船……！」

士道發出高八度的聲音。是故意發出這種聲音呢？還是真的沒有自覺？無論如何，這種行為都不值得讚許。真那一臉不耐煩，「哼」地吐出一口氣。

「男人就該一輩子只愛一個女人！就是這樣！到處拈花惹草，這樣那群女生未免也太可憐了！所以——」

真那露出銳利的眼神，豎起食指猛力指向士道的眉心。

「我要你現在在這裡宣布！你要選誰！你喜歡誰！」

「什……什麼！」

聽見真那說的話，士道的面容染上了驚愕之色。

「唔……？」

從公寓來到五河家的十香像平常一樣打開玄關的門後，露出納悶的表情。

不過，這也是理所當然的事。因為琴里、四糸乃、八舞姊妹和美九她們緊貼著客廳的門，聚集在走廊上。

「妳們在做什麼啊？」

「……！」

十香提出疑問後，所有人同時豎起一根手指回應：「噓！」

「唔……唔……？」

雖然十香搞不清楚狀況，但她感覺到一股非比尋常的氣息因而噤口不語，然後壓低腳步聲走近大家的身邊。

「……到底怎麼了啊？」

十香小聲詢問後，琴里一語不發地將視線移向從門縫中可以看到的客廳。十香循著她的視線，也望向了客廳。

於是，發現那裡有兩個人影。一個是這個家的主人士道，另一個人則是——士道的親生妹妹，崇宮真那。

「士道和……真那？到底怎麼……」

十香話說到一半，突然止住了話語。

理由很單純。

「好了……請選擇吧，哥哥！十香、琴里、四糸乃、耶俱矢、夕弦、美九、七罪，還有——鳶一上士！你到底喜歡誰！」

因為真那狠狠地指著士道如此吶喊。

「什麼……！」

十香瞪大雙眼，和其他人一樣一語不發地繼續盯著客廳。

心臟「怦通、怦通」劇烈地跳動。

士道究竟會如何回答——有種既期待又怕受傷害的奇妙感覺在心中蔓延開來。

於是，短時間露出困惑表情的士道輕聲說道：

「怎……怎麼突然問我這種事……」

「你很沒有男子氣概耶，哥哥！如果你是我的哥哥，就請給我正經點！」

真那單手扠腰，以強硬的口吻說了。

於是，士道胡亂搔了搔頭，「呼」地吐了一口氣，下定決心似的筆直凝視著真那。

「……我知道了啦，我會好好回答。因為我是──妳的哥哥啊。」

「有志氣。好了……那麼，請你認真回答。哥哥你最喜歡的人，是誰？」

「這個嘛──」

士道吸了一口氣。

「…………」

在門外凝視著這幅情景的十香等人則是與士道的動作相反，同時屏住了呼吸。

士道目不轉睛地盯著真那的眼睛，明明白白地告訴她：

「──是四糸乃。」

聽見這句話──

「…………！」

待在門外的所有精靈同時抖了一下，然後一起將視線集中在四糸乃身上。

「……！」

「——！」

「……——！」

因為處於不能出聲的狀態，所以大家企圖用反應來溝通。不過，理解到的只有所有人一樣混亂這件事而已。大家移游著雙眼，額頭上冒出冷汗。四糸乃慌亂的模樣尤其嚴重，滿臉通紅，露出不知該如何反應才好的表情。

然而，與所有人不知所措的反應相反，士道熱情地繼續說：

「我已經……忍不住了。我一直愛著四糸乃！四糸乃是我內心的綠洲！」

士道將手搭在真那的肩膀上傾訴。

「……！」

聽見這句話的瞬間，十香感受到胸口一陣緊縮。十香也喜歡四糸乃，她也知道士道喜歡四糸乃。可是……不知為何，要是再繼續聽士道說下去，十香可能會崩潰。她不由自主地推開門，踏進客廳——

「……唔？」

不，是即將踏進客廳的時候，十香停止了動作。

理由很單純。因為真那狠狠瞪著士道的臉，然後……

「……你說什麼？」

露出宛如出現在九〇年代不良少年漫畫中的太妹表情。不知為何，十香覺得真那臉龐的左上方一帶似乎浮現出「!?」的符號。

「噫……！」

看見真那臉色大變的模樣，原本熱烈呢喃愛的話語的士道抖了一下肩膀。

「喂……我沒聽到耶。可以請你再說一次嗎，哥哥？你要是敢說出瞧不起我的話，我就讓你的臉變形喔。」

「呃……呃……」

士道整張臉大汗淋漓，雙眼游移，發出細小如蚊的聲音繼續說：

「果……果然……應該是十香吧……」

「啊？」

聽見士道說的話，真那再次出言恐嚇。士道又抖了一下。

「那……那麼，琴里……？」

「啥？」

「噫！那就耶……耶俱矢！」

「哦？」

「！其……其實是夕弦……！」

「什麼？」

「老……老實說是美九……！」

「是喔？」

「……！啊，對了！折紙……」

「我沒聽見呢。」

「呃……呃……這樣一來，就只剩下七罪了……」

「你說什麼？」

真那以不高興的口吻回覆士道說出的每一句話。士道露出泫然欲泣的神情，全身不停顫抖。

不過數秒後，士道像是察覺到什麼似的赫然瞪大了雙眼。

「原……原來如此……是這麼一回事啊……」

看見士道那副模樣，真那唉聲嘆了一口氣。

「……真是的，你終於意會過來了嗎？」

「嗯……對不起喔，真那，是我太笨了。我眼前明明就有一個這麼可愛的妹妹。」

「…………搞屁啊……？」

不過聽見士道說的話，真那又皺起了眉頭。

「咦？不……不對嗎……？」

士道無力地發出聲音。於是，真那一把抓住士道的臉。

「噫噫！」

「你……玩笑未免開得太過火了吧，哥哥？我不是請你認真回答嗎？」

真那額頭冒出青筋，火冒三丈地繼續說：

「我本來還想依你的回答原諒你，看來是不行了。為了這個世界好，或許得在更多人受害之前把你去勢比較好呢……」

「噫……噫……！」

「士道！」

在士道發出不知是第幾次哀號的同時，十香推開門踏進了客廳。因為她再也無法繼續看士道受人欺負。

其他人似乎也是同樣的想法，她們幾乎和十香同時湧入客廳。

「什麼……！」

感到吃驚的人是真那。看見精靈們的同時，真那發出「唔！」的一聲皺起臉孔，放開士道，連忙朝窗戶的方向退。

然後，在臨走前——

「——我沒想到我的哥哥竟然這麼笨。下次見面的時候，你給我做好心理準備吧！」

拋下這句話，便從窗戶逃到外頭。

「啊！喂，真那！」

即使琴里急忙追過去——也為時已晚。真那輕盈地翻過庭院的圍牆，立刻消失了蹤影。

「士……士道！你沒事吧！」

「達～～令！」

「唔，被真那逃走了啊……」

所有人各自大聲吶喊，衝向倒在地上的士道身邊。

「嗯，我沒事……大家……」

士道發出虛弱的聲音，搖搖晃晃地舉起手。

然而，下一瞬間……

被十香等人包圍住的士道身體發出淡淡的光芒，隨後「砰！」的一聲，變成一名嬌小少女的模樣。

「七……七罪！」

琴里發出高八度的聲音。

沒錯。至今為止十香等人所認為的士道，其實是擁有變身能力的七罪所化身的模樣。如果仔細觀察或許可以看穿，但由於沒有比較的對象，視野又受到侷限，再加上處於那種緊張的狀況下，因此似乎沒有人發現。

「七罪，妳到底在幹什麼啊？」

琴里詢問後，七罪便搖搖晃晃地坐起身子回答：

「沒……沒有啦……因為聽說有奇怪的女人在四處打探士道的事情……我就想說設局引誘她出來……」

「那麼，剛才的回答是？」

「……因為在對話的途中知道了那女孩的真正身分，打算稍微捉弄她一下……」

聽見七罪說的話，所有人唉聲嘆了一口氣。

「……受不了，真是愛胡鬧。」

「就是說啊，讓人家嚇了一跳～～」

精靈們各自吐出安心的聲音。不過在這當中，琴里卻苦著一張臉。

「……這下糟了。」

「唔，什麼事情糟了？因為不是真的士道，不是很好嗎？」

「才不好呢。我們知道原因倒還好……但真那不是還沒解開誤會嗎？要是她遇到了士道該怎麼辦？」

「啊……」

精靈們同時瞪大了雙眼。

◇

「真是的……！沒想到哥哥竟然是那種男人！」

真那甩動著手上的塑膠袋，踏著沉重的腳步走在路上。那是買來送士道他們的禮物，但找不到時機送出去，以及士道做出的答覆太窩囊，導致真那錯過交給他們的機會。

真那腦海裡浮現剛才士道懦弱的臉，緊咬牙根。

叫他從裡面選一個的人確實是真那沒錯。不過，那是在士道沒有對任何人出手的情況下才能成立。

做出跟所有人接吻或是更進一步的事讓大家誤會，要是最後還擺出一副我有真正喜歡的人，和妳只是玩玩的態度，未免太不道德了吧。

「看你要怎麼負責……！」

真那一臉焦躁地說著，正要彎過轉角的時候——

「——咦？真那？妳不是真那嗎！」

右方傳來一道聲音向她搭話。

「什麼……哥哥！」

真那望向聲音的來源後，發出驚愕的聲音。因為站在她眼前的正是剛剛才見過面的哥哥，五河士道。

「……哦？竟然能追上我的腳步，很有一套嘛。不過，你找我有什麼事？既然特地追過來，就代表你已經準備好新的答覆了吧？」

「啥……？妳在說什麼啊？」

士道像是在裝傻一樣回答。於是，真那一臉不耐煩地皺起眉頭。

「還問我什麼，當然是指剛才的問題啊！十香、琴里、四糸乃、耶俱矢、夕弦、美九、七罪，還有鳶一上士！你到底要選誰！」

「什……什麼！要我選……」

「少廢話，請快點給我回答！我的忍耐也快要到達極限了！」

雖然士道還是一臉迷惘的模樣，但他似乎察覺到真那非比尋常的態度，筆直地凝視著真那。

「就算妳……要我選，我也選不出來。」

「……！竟然說出這麼不負責任的話——」

「——妳要我選一個人，這種回答可能會惹火妳，不過……我很重視她們，缺少一個人我都

無法忍受。所以，我的回答是──『每一個人』。」

「………………」

聽見士道神情誠懇的回答後──

「……嘿嘿！」

真那莞爾一笑。

「雖然花了我不少時間，但算了吧。這樣才是我的哥哥，跟剛才判若兩人呢。」

「咦……？」

士道回以目瞪口呆的表情。

「我的確是叫你選一個人，事實上，那才是我真正的用意。我希望哥哥你能真誠地讓一名女性幸福，不過──」

真那像是歌舞伎表演在情緒高昂時擺出的姿勢一樣，猛然瞪大了雙眼。

「既然出手了也無可奈何。如果你是真那的哥哥，就讓全部的人都幸福吧！」

「呃……」

「回答我！」

「好……好的……！」

士道被真那的氣勢所震懾而點點頭。

「那麼，我走了，哥哥。啊，對了，這個給你。」

說完，真那把手上的塑膠袋交給士道。

「咦？這是……？」

「保重。下次我來的時候，也已經當姑姑了吧。」

真那如此說完，揮了揮手離開。

「這……這到底是怎麼回事啊……？」

一個人被留在路上的士道呆若木雞地目送真那的背影。

過了一會兒，士道才發現自己幾乎沒跟長時間隱藏行蹤的真那好好聊聊，急忙追上去後，已不見她的身影。

「…………」

士道默默地看了剛才真那遞給他的塑膠袋。

袋子裡塞滿奶瓶、紙尿布之類的育嬰用品。

「到底是……怎樣啊？」

士道感到莫名其妙，怔怔地呢喃。

約會貓咖啡

CATCAFE A LIVE

DATE A LIVE ENCORE 3

「喔喔，這裡就是叫作貓咖啡的地方啊！」

一走進店裡，十香便大聲吶喊。可能是受到驚嚇了吧，原本睡得香甜的小貓們顫抖了一下，望向十香。

「冷靜一點啦。妳說話那麼大聲，會嚇到貓咪的。」

跟在十香後頭走進店裡的士道露出一抹苦笑並如此說道。

士道等人的所在地是天宮市內的一家貓咖啡。十香發現信箱裡的傳單，表示一定要去看看。

可能因為時間還很早，客人很少。不過，有好幾隻各種毛色的貓咪趴在靠墊或遊樂設施上。

「嗯……嗯，我會注意。不過，這裡好棒啊，竟然有這麼多貓咪……！」

十香眼睛閃閃發光，當場屈膝跪地，慢慢接近附近的貓咪。可是，貓咪可能察覺到她的舉動，倏地站起來後迅速逃走了。

「啊啊！為什麼要逃啊！」

「哈哈，妳一直逗弄牠，牠會害怕啦。」

「唔唔……是這樣嗎？到底要怎麼做，牠才肯讓我摸呢？」

「這個嘛，要更溫柔——妳看，就像那邊那個人一樣……」

說完，士道望向在店內更裡頭和黑貓玩耍的客人——然後，僵住了身體。

理由很單純，因為那位客人的容貌十分眼熟。

那是一名身穿綴有荷葉邊的單色服裝的少女。黑色長髮繫成雙馬尾，左眼被劉海蓋住。

——時崎狂三，過去曾出現在士道面前的「最邪惡精靈」。

狂三似乎還沒有發現士道他們，溫柔地撫摸著仰躺在地的黑貓肚子。

「呵呵呵，這裡很舒服喵？」

黑貓宛如回應狂三說的話，「喵」地叫了一聲，然後舔拭狂三的手指。於是狂三發出陶醉的聲音，抱起黑貓，開始用臉頰磨蹭牠。

「真是的，你這個撒嬌鬼喵——」

此時，狂三似乎終於察覺到士道他們的存在。她緊抱著黑貓，和士道一樣當場停下動作。

「……你剛才有看到什麼嗎？」

「……我……我什麼都沒看到喵……」

士道不由自主地如此說完，狂三便羞紅了臉頰，將黑貓溫柔地放到地上，然後，稍微清了清喉嚨。

於是下一瞬間，一道影子盤踞在狂三的身邊，身穿紅黑靈裝的另一名「狂三」當場現身。

「什麼……！」

士道和十香同時發出驚慌失措的聲音。結果，新現身穿著靈裝的狂三露出妖媚的笑容後，望向原本跟貓咪玩耍的狂三。

「我的分身讓你們看見有失體面的樣子了呢。這種個體，最好盡早處理掉。」

身穿靈裝的狂三說完這句話的瞬間，原本的狂三便被拖進她腳邊的影子裡。

「咦～～」

狂三發出有些假惺惺的聲音，逐漸消失在影子當中。

「狂……狂三……！」

「呵呵呵，那麼，再會了。」

身穿靈裝的狂三再次笑了笑，消失在自己製造出來的影子裡。

「剛……剛才那是怎麼回事……」

「唔……唔嗯……」

留在原地的士道和十香面面相覷，呆愣了一陣子。

「唉……」

身穿靈裝的狂三「分身」在影子裡嘆了一大口氣。

「總之，為了『我』的名譽，我就先配合妳了。不過，請妳以後多加注意，『我』。」

「……我會妥善處理。」

即使忍受著被自己分身說教的屈辱，狂三還是心不甘情不願地點了點頭。因為多虧她幫忙扮演「本尊」才替自己解圍是事實。

「……下次起，我會派人在店門口把風。」

「沒有少去那家店的選項嗎──」

「咦……」

「……不，沒事。」

分身狂三死心般發出嘆息。

聖誕快樂精靈

Merry ChristmasSPIRIT

DATE A LIVE ENCORE 3

正如眼睛會說話……這句話一樣，視線帶有力量。

眼球和包覆它的眼瞼的形狀，不過是表情肌的產物，但人們自古以來便認為它們蘊藏了不可思議的力量。

話雖如此，那當然並非物理性的力量，不過是蒙受視線的人所感受到的感覺罷了。只是察覺到對方的想法，想要進一步思考的心態得到富有詩意的形容吧。

可是──

「…………」

五河士道現在正實際感受到那股力量，強烈得甚至讓他認為是不是有人朝他發射光束。

時刻是下午六點三十分。士道一如往常站在廚房，正在準備晚餐，不過……有好幾道視線集中在他的背後。

士道臉頰流下汗水，瞥了一下後方。

結果，發現真的有六對眼睛在那裡。

從右到左依序是十香、四糸乃、七罪、美九、耶俱矢和夕弦。有的人緊貼著沙發的椅背，或是做出要飛撲過來的姿勢，並且目不轉睛地凝視著士道。打個比方來說，就像是等待起跑信號的短距離跑者，或是一群虎視眈眈等待獵物露出破綻的肉食性野獸。

「……呃……」

士道無法忍受這股異樣的緊張感，發出微弱的聲音。

「差不多該整理那邊的桌子……」

瞬間──

「！嗯！交給我！」

「休想，那是本宮的職責！」

「制止。不能勞煩耶俱矢，這裡由夕弦來代勞。」

「不、不，請交給人家吧！」

「那……那個……我也……」

「好了～七罪也來幫忙～」

「我……我又不想……」

所有人一起舉起手。接著，該說不愧是風之精靈嗎？起跑快的八舞姊妹獲得抹布，兩人爭相擦拭桌面。慢了一步的十香一臉懊悔地發出「唔……」的聲音，握緊拳頭。

「士道！還有什麼其他事要幫忙嗎？我什麼都做！」

「呃……那……那麼，麻煩妳幫我端菜過去餐桌……」

「好！」

士道說完後，十香露出閃閃發光的眼神，開始端起排列在廚房裡的盤子。

「討厭啦，都是妳們在做，太奸詐了～～」

緊接著發出聲音的是美九。或許是工作被八舞姊妹和十香搶走的關係，她一臉不滿地嘟起嘴脣。她的身旁還看得見同樣搶不到工作的四糸乃和七罪。

「沒有其他事可以幫忙了嗎，達令？」

「就算妳這麼說，我也沒辦法啊……」

士道皺起眉頭搔了搔頭後，美九便像是想到什麼主意似的捶了一下手心。

「啊！那就這麼辦吧。人家來唱一首加油歌，鼓勵大家努力工作～～四糸乃和七罪妳們也一起唱吧。」

「咦……咦咦！」

「喂……妳少自作主張啦……！」

聽見美九說的話，四糸乃和七罪將眼睛瞪得圓滾滾的。不過美九不予理會，垂下雙眼後，開始發出動聽的歌聲。

「呃……呃……」

四糸乃雖然一臉困惑地游移了雙眼一會兒，但還是認為必須做些什麼。只見她猶豫不決地輕輕開口，滿臉通紅地開始加入唱歌的行列。

「喂——」

七罪吃驚地屏住了呼吸。不過，大概是發現無所事事的只有自己一個人，她一臉難為情地躲在四糸乃的身後，也開始一起唱歌。然而，完全沒聽見她的聲音。她在對嘴，但不知道是不是故意的就是了。

多麼奇特的情景啊。士道不由得露出苦笑。

十香等人主動提出要幫士道並不稀奇，但是今天勤奮得有點誇張，宛如不勞動的人就會被押進強制收容所的反烏托邦那樣的感覺。

話雖如此，她們會這麼做的理由十分明顯。

因為十香等人——想要當「乖寶寶」。

「我可能……說得有點過頭了……」

士道如此說道，回想起昨天的事情。

◇

「士……士道！大事不好了！」

十二月二十日。十香突然衝進五河家的客廳，氣喘吁吁地說出這句話。

可能是十分著急吧，只見她如夜色般美麗的髮絲緊貼在冒汗的臉頰上，如水晶般的眼瞳浮現慌亂之色。看見她非比尋常的模樣，士道不由得瞪大了雙眼。

「發……發生什麼事了，妳怎麼這麼慌張？」

士道詢問後，十香便肩膀上下起伏好讓呼吸沉著下來，然後繼續說道：

「要……要來了！」

「要來……什麼東西要來了？」

「叫聖誕的傢伙！」

「咦……？」

聽見十香說出的名字，士道歪了歪頭。

「妳說聖誕……是指聖誕老人嗎？」

「嗯，就是他！我聽亞衣、麻衣、美衣說了，那傢伙會來家裡吧！」

「嗯嗯……算是吧。」

士道搔了搔臉頰，皺起眉頭。

「聖誕老人……嗎？」

聽見十香說的話，坐在沙發上的藍眼少女——四糸乃偏了偏頭。戴在她左手上的兔子手偶也一起歪著脖子。

看樣子，四糸乃似乎也不知道聖誕老人。不過，這也無可厚非吧。因為她和十香一樣是精靈，不清楚這個世界的風俗習慣也是當然。

「喔喔，那是啊……」

「呵……汝好像在說什麼有趣的話題嘛，十香。」

「首肯。也讓夕弦和耶俱矢加入。」

當士道正想簡單說明有關聖誕節的事情時，有人高聲打斷了他的話。

往聲音來源看去，發現有一對長相一模一樣、身材卻天差地別的雙胞胎擺出莫名帥氣的姿勢站在那裡。她們是八舞耶俱矢、八舞夕弦兩姊妹。這對雙胞胎精靈和十香、四糸乃一起住在隔壁的公寓。

「嗯，耶俱矢和夕弦妳們也聽我說吧。搞不好需要妳們的幫忙。」

聽見十香說的話，士道「嗯？」的一聲歪了歪頭。

不過在士道詢問之前，八舞姊妹和四糸乃興致勃勃地搶先開口：

「哦？汝竟然會拜託本宮，看來是非常重大的事態呢。」

「接受。交給我們八舞吧。」

「所以，那個聖誕老人……是怎麼樣的人呢？」

「唔……」

十香一本正經地點了點頭，繼續說道：

「各位，希望妳們注意。聽說這位叫作聖誕老人的男子會在這個月二十四日晚上，萬籟俱寂的時候，來到孩子們的身邊。」

「……哦？」

聽見十香說的話，耶俱矢眉心聚起皺紋，並且用手抵住下巴。

「可疑人士的情報嗎？真是危險呢。」

「警戒。竟然事先告知日期，真是好大的膽子。請妳詳細敘述他的外表特徵。」

「唔……我記得他是個留著白鬍子的老人，身穿大紅色的衣服，還揹著一個大袋子。」

「……還真是古怪的外表呢。」

「首肯。不覺得他是正常人。」

「而且，好像還會坐著馴鹿拉的雪橇從天空飛過來喔。」

「還會在空中飛嗎！」

「戰慄。真是個可怕的怪物。」

士道聽著能自由自在地在天空到處飛翔的風之精靈說出這種話，露出了乾笑。她們想像的形象明顯差異甚大，但並沒有說錯。把要素一個一個拆開來看，確實是個可疑無比的人物。

「呃……那個人到小孩子的身邊要做什麼呢？」

四糸乃神情不安地說道。於是，耶俱矢和夕弦露出嚴肅的表情回答：

「本宮推測，那個人揹的大袋子很可疑。」

「肯定。從半夜會出現在孩子身邊這點來看，能想到的也只有這樣了。那個袋子裡應該塞滿了被擄走的孩子。」

「竟……竟然……」

「好……可怕……」

十香和四糸乃發出顫抖的聲音，而八舞姊妹則是依然擺出嚴肅的表情繼續說道：

「果然是怪物之類的嗎？」

「首肯。恐怕聖誕這個名字，也是取自魔王撒旦的諧音吧。」

「…………」

聽見夕弦說的話，士道冒出汗水。順帶一提，「聖誕（Santa）」是從「聖（Saint）」轉變而來的，就意義上而言，根本完全相反。沒想到竟然會被視為撒旦，聖尼可拉斯想必也會在黃泉哭泣吧。

雖然她們好像聊得很起勁，但這個誤會未免太過危險了。再這樣下去，精靈公寓可能會製造專門對付聖誕老人的防衛設備。士道開口糾正：

「妳們好像有點誤會……聖誕老人並不是壞人喔。」

「是這樣嗎……？」

十香一臉不安地望向士道。

「對啊。聖誕老人是會帶禮物送給小孩的老爺爺。」

「禮物？」

「對。只要在床邊吊襪子，隔天早上裡面就會有禮物喔。」

「唔……為什麼要做這麼大費周章的事啊？」

「嗯……妳問我為什麼喔……」

於是就在這個時候，夕弦像是察覺到什麼事情似的捶了一下手心。

「理解。夕弦知道聖誕老人的真面目了。」

「哦？到底是怎麼回事啊，夕弦？」

「說明。夕弦發現這是非常單純的事。為什麼只在半夜來？為什麼主要鎖定小孩……簡單來說，就是父母為了警告熬夜的小孩吧。這麼晚還不睡，聖誕老人會來找你喲～～像這樣。」

「原……原來如此！」

「……不，也不是這樣啦……」

還是沒有改正她們覺得聖誕老人是個恐怖存在的觀念。士道開口想要改正她們的誤解。

不過，四糸乃搶先一步戰戰兢兢地舉起手。

「可是……那他為什麼要送小孩禮物呢……」

「說的沒錯呢，而且還放進襪子裡。為什麼要這麼做？」

「解說。為什麼父母想要勸小孩早點睡……只要思考這一點，答案自然而然就會出現。」

「唔……我不懂。到底是為什麼啊？」

十香歪了歪頭後，夕弦便壓低聲音豎起一根手指。

「簡單。因為要是小孩半夜還醒著，就很難進行夫妻房事。」

「……噗咳！」

聽見夕弦提出的假設，士道不由自主地咳個不停。不過夕弦不予理會，繼續說道：

「所以，為了讓小孩早點上床睡覺，就捏造出聖誕老人這個存在吧。這裡說的禮物，應該是指弟弟或妹妹。襪子裡放有禮物，恐怕是懷孕的隱喻吧。」

「喔……喔……」

「那個……這……」

「唔？」

耶俱矢和四糸乃羞紅了臉頰，發出認同般的聲音，而十香則是擺出仍然一知半解的模樣，皺起眉頭。

「停……給我停下來！」

這個誤解有別於剛才的意義，一樣太過危險了。士道為了吸引大家的注意，使勁揮了揮手，然後大聲吶喊。

「疑惑。有什麼事嗎，士道？」

「聽我說，聖誕老人不是妳們說的那樣……」

士道清了清喉嚨，簡單說明了有關聖誕老人以及聖誕節這個節日的事情。那是個多麼快樂的節日，以及世界上的小孩是多麼期待聖誕老人的到來。

於是，起初半信半疑地聽著士道說明的精靈們情緒愈來愈高漲。說到尾聲的時候，所有人的臉頰都泛起紅潮，眼睛閃閃發光。

「竟然是那麼開心的事情嗎！」

「好期待……」

「呵呵……原來如此啊。是屬於聖者那類的人物啊。」

「提問。士道，聖誕老人也會到夕弦等人的身邊來嗎？」

「咦？這個嘛……」

聽見夕弦提出的問題，十香、四糸乃、耶俱矢也都露出認真的表情看向士道。

「唔……」

受到她們閃閃發光的眼神注視，士道說不出其實聖誕老人根本不存在這種話。

「會……會啊……如果妳們當個乖寶寶，聖誕老人可能會來吧。」

聽見這句話，十香等人瞬間看著彼此——

「…………」

然後像是下定某種決心一樣用力點了點頭。

◇

——接著，時間來到現在。

士道坐在沙發上輕聲嘆息。

現在他已經吃完晚餐，正在客廳休息。不過……即使身體輕鬆自在，內心卻完全不得安寧。

十香正在廚房裡洗碗，而四糸乃則是擦拭洗完的餐具。八舞妹姊分工合作整理房間，美九將七罪摟在腋下替大家加油打氣。七罪則是拚命掙扎，試圖脫逃。

總覺得好像是貴族的待遇。只要士道站起來想要做些什麼，就會有人立刻衝過來對他說：

「我來做就好了，你去休息吧。」

順帶一提，就連顯然應該知道聖誕老人的美九以及對這個世界的事情瞭如指掌的七罪，不知是抱著看好戲的心態還是屈服於同儕壓力的關係，也加入幫忙的行列。

當士道正思考著該如何是好的時候，一名少女在沙發上坐下。她用黑色緞帶把長髮綁成雙馬尾，明明剛吃晚餐，嘴裡還叼了根加倍佳棒棒糖。她是士道的妹妹，琴里。

「這下糟了呢，關於聖誕老人的事情。」

「唔……」

聽見琴里調侃般的話語，士道發出低吟聲。

「說話不經大腦，一下子把難度提升得那麼高。看見精靈們那麼期待聖誕節，絕對說不出其實根本沒有聖誕老人這種話。」

「妳……妳說的對……」

士道感覺喉嚨急速乾渴，想喝放在桌上的紅茶。當他拿起茶杯的瞬間，水面微微震動。

或許是看到士道這副模樣，琴里唉聲嘆了一口氣。

「受不了……真拿你沒辦法。禮物就由我們〈拉塔托斯克〉來準備，二十四日晚上，你去把禮物放在大家的床邊。」

「！可……可以嗎……？」

「有什麼辦法啊。要是二十五日早上她們的床邊沒有放禮物，所有人的心情不是會一起跌落谷底嗎！你想讓天宮市化為一片焦土嗎？」

「抱歉……謝啦。」

士道低下頭，琴里便從鼻間哼了一聲。

「……不過，關於讓大家心情愉快這一點，倒是值得讚許就是了。接下來只要做好後續的處置就好。」

接著，琴里發出「嘿咻」一聲從沙發上站起來。

「好了，那麼就馬上開始準備吧。」

「準備……？」

「對啊。說要送她們禮物，也不能隨便亂送吧。雖然我們能大概猜出她們喜歡的東西是什麼，但事先做好調查比較保險吧？」

「啊……對喔。」

琴里說的沒錯。雖說是禮物，但涵蓋的內容無限廣。雖然感覺十香她們不論收到什麼東西都會很開心，但……可以的話，還是事先確認她們想要什麼東西比較好吧。

「好了，各位！稍微過來這裡集合一下！」

琴里拍了拍手呼喚大家後，精靈們便齊聚在客廳。

「唔，怎麼了啊，琴里？」

「就是啊，大家會在聖誕夜收到聖誕老人的禮物對吧？」

琴里詢問後，所有人便一起點了點頭。

「那麼，可以告訴我妳們想收到什麼樣的禮物嗎？」

「唔……？」

聽見琴里說的話，十香露出納悶的表情。

「為什麼妳要問這種事啊？聖誕老人不是會送給我們嗎？」

「咦？啊……」

琴里搔了搔臉頰，繼續說道：

「這個嘛。因為我透過祕密管道得到聖誕老人的聯絡方式，所以可以向聖誕老人要求大家想要的禮物。」

「唔……不過，我怎麼記得士道曾經說過聖誕老人有很厲害的能力，自然會知道小孩子想要的東西……」

「…………」

琴里狠狠瞪了士道一眼。士道游移著雙眼，臉上浮現一抹苦笑。說到這裡，他在說明聖誕老人的時候，可能稍微形容得有點誇張了。

琴里傷腦筋地搔了搔頭，敷衍地繼續說道：

「啊……小孩子的年齡愈大，跟聖誕老人的心電感應就愈弱。所以——」

「唔，這樣啊……這麼說來，我幾歲啊？」

「…………」

聽見十香說的話，琴里沉默不語。

幾秒鐘後，她下定決心似的嘆了一大口氣。

「——也對。聖誕老人至少會知道對方想要什麼禮物吧。」

「喂……喂，琴里？」

琴里表現出一副看開了的樣子，士道一臉不安地對她如此說道。

「不過以防萬一，二十四日當天，妳們在睡前把想要的東西寫在紙上，放在枕頭旁邊吧。」

琴里說完後，耶俱矢便把眼睛瞪得老大。

「喂，琴里。這樣子聖誕老人在來到吾等身邊之前，不是就無法準備好禮物嗎？」

說的有道理。其他精靈也有些不安地點了點頭。

於是，七罪嘀嘀咕咕地回答：

「……不，用不著操這種心，因為聖誕老人——唔！」

話說到一半，美九摀住七罪的嘴巴。

「呵呵呵，不行喲，七罪。有夢最美～～」

看來原本是人類的美九和對人類世界瞭如指掌的七罪果然很清楚有關聖誕老人的事。美九對士道眨了眨眼說：「對吧，達令。」

「哈哈……就是這樣。」

士道無力地笑了笑，琴里便豎起加倍佳糖果棒，像是在表達她要繼續發表言論。

「妳們可不能小看聖誕老人的力量喲。聖誕老人手上的袋子連結著四度空間，可以從龐大的禮物庫當中拿出想要的東西。」

「妳……妳說什麼……！」

「驚愕。好驚人的能力啊。」

精靈們露出驚愕的表情。琴里深深點了點頭，然後繼續說道：

「所以，睡覺前記得先寫好紙條喔。知道了嗎？」

琴里說完，精靈們便同時點了點頭。

「好了，那就先解散吧！大家可以回去繼續自己的工作了。」

在琴里的一聲號令之下，十香等人回去清洗洗到一半的碗盤或是繼續收拾房間。而企圖趁機逃跑的七罪又被美九抓了回去。

「喂……喂，琴里……」

士道斜眼看著精靈們，悄聲對琴里說。

「幹嘛，你有什麼意見嗎？說到底，還不是你自己種下的禍根。」

「……沒有啦，妳要這麼說我也無法反駁……不過，妳說出那種話沒問題嗎？」

士道說出這句話後，琴里用鼻子哼了一聲。

「你可別小看〈拉塔托斯克〉。等著瞧吧，不管是什麼禮物，我們都會立刻準備好。」

既然琴里都說到這個地步了，士道也無話可說。他舉起雙手表示投降。

不過——他很在意一件事。

「對了，琴里。妳沒有什麼想要的禮物嗎？」

「咦？」

琴里像是沒有料想到士道會提出這個問題，瞬間瞪大了雙眼，但馬上又回到平常的態度，一臉不耐煩地環抱起雙臂。

「哼，我才不需要咧。我已經不是會為了聖誕老人歡欣鼓舞的年紀了。」

琴里一邊這麼說一邊誇張地聳了聳肩。

順帶一提，琴里過去也曾經是個會寫信給聖誕老人的夢幻少女，但在小學二年級的時候，她似乎目睹了父親拚命想把禮物塞進襪子裡的畫面，從此以後就不再相信聖誕老人的存在。

不過，由於父親本人並沒有發現琴里目睹了那個場景，所以士道有整整三年都近距離觀賞了還認為琴里相信聖誕老人的賣力父親，與體貼父親而無法說出已經發現聖誕老人真面目的琴里，這兩人充滿緊張感的攻防戰（順帶一提，直到琴里小學五年級的時候，不小心在寫給聖誕老人的信上提到擔心爸爸的身體狀況，兩人的這層關係才瓦解。得知身分被識破的當天晚上，父親凝視著年幼琴里的照片，喝光比平常還要烈的酒，這件事令士道印象非常深刻）。

「……幹嘛啦。」

可能是腦袋裡的想法表現在臉上了吧，琴里露出疑惑的表情。

「沒有……沒事。」

「搞什麼啊，很奇怪耶。算了，準備就交給我們吧。也要麻煩你扮演聖誕老人喔。」

琴里只拋下這句話便離開了客廳。

◇

然後，到了十二月二十四日，平安夜。

由於這天是星期日，白天大家一起外出買東西以及裝飾屋內，晚上則舉辦盛大的聖誕派對。

放在大盤子上的義大利麵和沙拉、一口大小的米飯可樂餅，以及色彩鮮豔的生肉薄片。主菜雖然不是火雞，但也準備了大隻的烤雞，十香因驚愕和歡喜而瞪大了雙眼。

最後登場的是代替甜點的蛋糕。順帶一提，這是去附近的蛋糕店買來的聖誕節樣式的蛋糕，上面放著聖誕老人和雪人狀的砂糖餅乾。

當然，看見那些的精靈們情緒high到了極點。經過激烈的猜拳比賽，結果由美九贏得了聖誕老人，而雪人則是由耶俱矢獲得。不過十香一臉渴望地望著餅乾，所以美九打算嘴對嘴餵她吃聖誕老人，而士道急忙阻止美九。早知道會這樣，就依照人數事先準備好砂糖餅乾了——士道感到非常後悔。

大致享受完餐點之後，就是大家期待已久的遊戲時間。

雖說是遊戲，但並非八舞姊妹平常拚得你死我活的電視遊戲，而是所有人都能參與的派對遊戲。玩疊疊樂、UNO、人生遊戲、危機一發海盜桶等遊戲，累計分數最高的人就獲勝（本來也準備了扭扭樂，但因為美九一直積極妨礙其他選手，所以緊急中止比賽）。

順帶一提，士道原本也想邀請折紙來參加聖誕派對而打了幾次電話給她，但不知為何聯絡不上她。有時候也會發生這種稀奇的事情呢。

總之，所有精靈一臉玩累了的樣子，過了十點時大家便打著呵欠回到自己的房間。

「好了……」

然後，經過數小時。

換好「戰鬥服裝」的士道緩緩站起身來。

他望向鞋櫃旁的全身鏡，再次確認自己現在的容貌。

由紅白色構成的毛絨絨服裝、類似長靴的靴子加上皮帶。坐鎮在頭上的又是紅白色的帽子，

手上還握著個大布袋。

沒錯。如果是居住在現代日本的人勢必一眼就能認出來，那是十分完美的聖誕老人風格的裝扮。不過……由於還沒決定要送什麼禮物給精靈們，袋子裡只裝著把包裝材料揉成一團的東西就是了。

「那麼，差不多該出門了吧。」

士道瞥了一眼掛在牆上的時鐘如此低喃。時間是凌晨一點三十分。說得更正確一點，日期已經變成了二十五日。這下子，總該沒有精靈還醒著了吧。

「好，拜託你嘍。我已經派特務去公寓待命了，確認完大家想要的禮物後就聯絡我。」

站在玄關的琴里如此說完便發出「呼啊……」一聲打了個呵欠。不過，她瞬間驚覺自己的失態，清了清喉嚨想要蒙混過去。

「抱歉啊，妳明明很睏，還讓妳陪我。」

「我聽不懂你在說什麼。總之，拜託你啦。」

「哈哈……好，我出門嘍。」

士道苦笑著打開玄關的門走出門外——立刻瞪大了雙眼。

他半下意識地抬起視線，從喉嚨發出讚嘆聲。

「哇……」

「怎麼了？」

琴里疑惑地如此問道。士道沒有轉過頭，對背後的琴里招了招手。

琴里一臉納悶地隨便套上拖鞋，走到士道的身旁。

「受不了，到底是怎樣——」

然後，語帶嘆息地說到一半便止住了話語，露出和士道相同的表情。

「哇……下雪了嗎？」

沒錯。與數小時前截然不同的景色擴展在兩人的視野當中。白色顆粒從幽暗的天空靜靜地飛舞而下，在街燈的照射下閃閃發光。

街道、圍牆、家家戶戶的屋頂都積了一層薄薄的粉雪，宛如撒上砂糖的餅乾一般，染上一片白色。或許是受到從雲間露出的月光照射的關係，整個街上彷彿發出淡淡的光芒。

「好漂亮啊……竟然會遇到白色聖誕節，在這一帶很稀奇呢。」

琴里陶醉地說了。的確，在位於南關東的天宮市，十二月會下雪這件事本身就很稀奇。

「不過，真是可惜呢。要是下得再早一點，那些孩子或許也能看見呢。」

「哈哈……搞不好是真正的聖誕老人送給妳的聖誕節禮物喔。因為妳為了送十香她們禮物很努力啊。」

「什麼……！」

聽見士道說的話，不知為何，琴里羞紅了臉頰。

然後，慌張地游移雙眼一會兒後，看似不耐煩地撇過頭。

「哼……那種肉麻的話，希望你留在攻陷精靈的時候再發揮吧。」

「咦？有那麼噁心嗎？」

「嗯，超級噁心的……兩個人能一起看到雪是聖誕老人送給我們的禮物這種話，就算是花花公子——」

「嗯？呃，我可沒說兩個人啊……」

「…………！」

士道話還沒說完，琴里便睜大眼睛，抬腳踢向士道的屁股。

「好痛！妳幹嘛啦，琴里！」

「少囉嗦！快點給我去啦！」

「是、是……」

琴里一旦發脾氣，說什麼都沒有用。士道乖乖地如此說完便揮著手，在積了一層薄雪的路上留下足跡。

然後，在即將踏出大門的時候，士道回頭望向後方。

「琴里。」

「幹嘛啦？」

「聖誕快樂。」

「…………聖誕快樂。」

琴里挪開視線如此回答後便關上玄關的門。

「好了……」

士道看完這一幕，朝聳立在自家隔壁的精靈公寓大門入口前進。

穿過自動門進入大廳後，操作對講機。

當然並不是要輸入精靈們的房間號碼請她們開門。士道輸入〈拉塔托斯克〉給的管理代碼後，將手抵在機器上，認證指紋和靜脈。

接著，響起輕快的電子音，大廳的門便開啟。

「打擾了……」

士道輕聲說道並進入公寓。如今煙囪已從民宅消失，聖誕老人的侵入途徑也變得高科技。

順帶一提，這扇門經過防彈處理，就算想要硬闖也無法那麼輕易地侵入。牆壁和建材都建造得十分堅固，形成能夠承受內外衝擊的構造。

哎，與其說是預設會有人從外面攻擊……倒不如說，為了防止精靈們的精神狀態突然變得不穩定而力量失控才是主要的目的。

「好了，那麼先從……」

士道在腦海裡整理精靈們的房間號碼，同時決定巡房的順序。

「最近的是——十香吧？」

他記得十香的房間在四樓，四一〇號房。似乎是配合士道與十香相遇，也成為十香名字由來的四月十日而選的房號。

士道搭電梯來到公寓四樓，站在四一〇號房的門口。

照理來說，這扇門也會鎖上電子鎖，但只有今晚，全部的房間都沒有上鎖。士道握住門把後，盡可能不發出聲音地打開門。

理所當然地，房間內一片黑暗。士道從懷裡拿出手電筒後，壓低腳步聲走進房內。

他謹慎地走在走廊上，走向寢室。於是發現十香仰躺在大床正中央，發出熟睡的鼻息聲。

剎那間，士道再次體認到自己正踏進熟睡女生的房間這個事實，心跳微微加快。不過，十香沒有用棉被蓋住肚子睡覺這件事更令他在意。

「……唉呀，竟然踢被子。」

士道小聲如此說完，便把堆在十香腳下的棉被拉到她的肩膀上。十香輕聲發出呻吟，同時翻過身。

士道看見十香的模樣，露出一抹苦笑後，望向她的枕邊。那裡放著一張摺成兩半的紙條。是

琴里指示，寫有想要禮物的紙條。

「我看看……上面寫了什麼？」

士道打開紙條後，用手電筒照射紙面。

「我想吃看都沒看過的巨無霸漢堡排。」

「哈哈……」

看見十分符合十香個性的願望，士道不由自主地笑了出來。

就在這個時候，裝戴在右耳的耳麥傳來在自家等候的琴里的聲音。

『士道，怎麼樣？知道她們想要的禮物了嗎？』

「嗯。紙條上寫著想吃看都沒看過的巨無霸漢堡排。」

『是十香吧。』

「妳知道啊？」

『當然啊。』

琴里發出輕微的笑聲如此說道。

『——總之，明白了。我現在派人拿禮物過去。』

琴里說完，玄關的門立刻打了開來，有一道安靜的腳步聲逐漸接近。

想必是〈拉塔托斯克〉的特務人員吧。士道為了確認特務的樣貌，把手電筒照向他。

「……！」

然而，看見出現在那裡的人的樣貌，士道不禁差點叫出聲。

不過，這也無可厚非吧。因為站在那裡的，是身穿馴鹿布偶裝、一臉想睡的女性。

「令……令音……？妳在幹什麼啊？」

士道壓低聲音問道。沒錯。那隻馴鹿正是〈拉塔托斯克〉的分析官，也是琴里的知己，村雨令音本人。

「……嗯，扮馴鹿啊。」

「為什麼要穿成這樣啊？」

『這是應付萬一十香她們醒過來時的對策。』

如此回答的是琴里……的確，打扮成這樣的話，就算一瞬間被看見也不會暴露身分吧。先不論精靈們是否會相信他們是真正的聖誕老人和馴鹿，但搞不好至少會以為是在作夢吧。

順帶一提，為什麼令音明明穿著布偶裝，士道卻還能辨認出她的臉？理由很單純，因為布偶裝臉的部分被挖空，露出令音真正的臉。彷彿要補足挖空的部分，令音的鼻子上戴著紅色的球。

這幅情景莫名奇幻。

「……重點是，這個給你。」

令音表現出不怎麼在意的樣子，把手上的袋子交給士道。

「謝……謝謝……」

反正再聊下去也不是辦法，士道老實地接過袋子。他心想既然像這樣等別人送來裝了禮物的袋子，那自己不就沒必要揹空袋子了嗎……不過就視覺上而言，算是非常重要吧。

令音點了點頭表示任務結束後便轉身離開。圓滾滾的背影莫名可愛。

『好了，士道，動作快。後面還有人要處理。』

「喔……好……」

士道該把禮物交給十香，便探頭看令音交給他的袋子。不過，此時他不由得瞪大了雙眼。

因為裡面放的並不是十香希望的漢堡排，而是絞肉、洋蔥、麵包粉、雞蛋和各種辛香料、調味料等陣容。

「喂，琴里，這是什麼啊？」

『那還用問，是漢堡排的材料啊。』

「妳該不會要叫我在這裡做吧……！」

『我有什麼辦法啊。就算再怎麼事先準備好禮物，也不可能存放剛煎好的漢堡排吧。』

「說……說的也對啦……那這個銀製的餐具呢？」

說完，士道拿出跟各種材料放在一起的銀製刀叉組合。

『送食物也不錯，但最好也送個可以留下形體的禮物吧？』

「原來如此……或許真的是這樣吧。」

『好了，快點去煎。』

琴里如此催促。士道唉聲嘆了一口氣後，離開寢室，走向廚房。

精靈公寓雖然建築物的構造特殊，但內部環境跟普通的公寓沒什麼太大的差別。加上家具和生活必需品從一開始就一應俱全，在這裡下廚本身並非難事。

「房間不同，應該沒問題吧……？」

士道確定寢室的門關好之後，打開廚房的電燈。在黑暗中使用菜刀實在太危險了。

士道洗完手後，開始製作漢堡排。雖然是熟悉的食譜，但分量大不相同，捏肉排也是要費盡一番功夫。

士道拿出最大的平底鍋，倒入油讓它平均分配到每個角落後，將巨大肉塊鋪滿整個平底鍋開始煎。士道也是第一次煎這種大小的巨無霸漢堡排，四周立刻飄散出美味的香氣。

「好了，完成了！」

士道將漢堡排倒進派對用的大盤子後，用殘留的肉汁製作醬料，放進另一個器具。

他用保鮮膜把漢堡排包起來，正走向寢室時，突然從某處傳來「咚……咚……」的聲音。

「怎……怎麼回事？」

剎那間，士道還懷疑是靈異現象，但隨後發現聲音是從眼前這扇門的另一側發出來的。

士道畏畏縮縮地打開門後，便看見先前應當躺在床上睡覺的十香做出類似尺蠖蟲的姿勢，把頭靠在門上。然後，肚子發出「咕嚕嚕……」的聲音。

看來，十香似乎是對煎漢堡排的香味產生反應，走到這裡來了吧。士道無力地笑了笑，將裝有漢堡排的盤子放在床頭，接著把十香抱回床上。

就在這個時候，士道發現吊在床頭的襪子，不過……再怎麼樣都不可能把這麼大的盤子放進襪子裡。雖然應該可以硬是把漢堡排本身塞進去，但早上起床後，要是看見塞得鼓鼓的襪子裡滴出肉汁，就算再怎麼喜歡漢堡排也會陷入恐慌吧。這種情形就是如此可怕。

士道沉思了一會兒後，把銀製餐具放進襪子裡，將襪子的開口稍微壓在盤子底下後，便離開十香的房間。

接下來要去的是四糸乃的房間。士道走向位於同一層樓的四〇五號房。四糸乃的房號雖然數字較小，但因為和電梯的位置關係，先拜訪十香的房間比較順路。

士道像剛才一樣悄悄地打開房門，壓低腳步聲進去寢室。

四糸乃將棉被蓋到肩膀，姿勢端正地睡覺。兔子手偶「四糸奈」則從棉被露出臉來，令人會心一笑。

「好了，四糸乃想要的禮物是什麼呢……」

士道打開放在床頭的紙條。於是，上面寫著……

「我想要一頂可愛的帽子。」

這句話以及用色鉛筆描繪的帽子圖案，另外還寫著「雖然是半夜三更，還是請你加油」這句慰勞人心的話。

「這是……嗯……？」

士道歪了歪頭。禮物本身並沒有任何問題，但是最後的文句可以解釋成是寫給聖誕老人，也可以解釋成是寫給士道的。

「算了，就算在意也沒用。琴里──」

話說到一半，士道發現床頭還放著另一張紙條。

士道將它攤開，於是看見上面用頗有特色的筆跡寫了──

「好想要新衣服啊～～」

——這句話。

「這是……四糸奈寫的啊。」

士道呢喃著看向紙條的下方。那裡也像四糸乃的紙條一樣，畫著娃娃用的衣服，以及最下方寫著「現在的話，可以盡情親吻四糸乃的嘴脣喲，■■聖誕老人」這句話。順帶一提，■■似乎是把寫過的文字整個塗掉。用光從後面照射，發現原本寫的字是「士道」。

「…………」

她絕對發現了。先不論四糸乃，但「四糸奈」似乎已經察覺到聖誕老人的真面目。

士道臉頰冒出汗水，並且再次望向四糸乃的臉龐。白瓷般滑嫩的肌膚以及花瓣般的嘴脣。少女靜靜發出鼻息的模樣，宛如睡美人一般美麗。

確實如「四糸奈」所說，現在可以盡情對四糸乃做自己想做的事。至今為止想都沒想過的邪念掠過士道的腦海，使他嚥了一口口水。

『士道，你怎麼了啊？快點把四糸乃想要的禮物告訴我啊。』

「……！喔……好……抱歉。她想要的禮物是一頂可愛的帽子，還有四糸奈的衣服。」

士道頓了一下呼吸後如此回答，接著說明紙條上畫的圖案的細節。

『ＯＫ，如果是這兩樣東西，我已經準備好了。你等一下，我立刻派人送過去。』

琴里如此說完，等不到一分鐘，村雨駙鹿令音再次現身。

「……小士，給你。」

「喔，謝謝……」

士道接過袋子後，令音便搖著屁股離去。她應該不是有意這樣做，但或許是因為布偶裝屁股的部分較寬鬆，只是正常走路，屁股也會大幅度晃動吧。不管看幾次，她的模樣都很奇幻。

士道搔了搔臉頰，將手伸進袋子裡摸索，然後拿出帽子和「四糸奈」的衣服，放在四糸乃的床頭。

「很好……那麼接下來要去耶俱矢和夕弦的房間了。」

士道如此說完便離開四糸乃的房間，搭電梯來到公寓的八樓。

八舞姊妹兩個人一起在這層樓的八〇二號房生活。似乎是因為這間房間的格局比其他房間大，所以才選擇了這裡。

士道打開門後，慢慢走進房間。

不過，他走在走廊上的時候立刻就察覺到不對勁。因為跟先前拜訪的房間不同，這間房間還

開著燈。而且，客廳裡好像還傳出聲音。

「那兩個傢伙該不會……」

士道戰戰兢兢地窺視客廳後，果不其然，看見了耶俱矢和夕弦的身影。當然，兩個人都沒有就寢，面向的電視螢幕上顯示出對戰格鬥遊戲的畫面。看來是熬夜沉浸於打電動的樣子。

「這兩個傢伙……明明告訴她們要早點睡。」

士道苦著一張臉如此說完，耶俱矢和夕弦便恰巧開始聊天。

「欸，夕弦。聖誕老人大概幾點會來啊？」

「不知。沒有聽說詳細的時間。耶俱矢已經想睡了嗎？」

「什麼！才沒有咧！我完全清醒得很！沒看到聖誕老人之前，我才不會睡！」

「…………」

聽見兩人的對話，士道冒出汗水。看來兩人並非只是單純在打電動，而是為了捕捉聖誕老人的身影才熬夜。

可是，又不能只讓她們兩人沒有收到禮物。該說是不幸中的大幸嗎？耶俱矢和夕弦打電動的地方不是寢室而是客廳，只要能經過兩人的身後，就有可能放下禮物離開吧。

「沒辦法了……走吧。」

士道下定決心後，小心謹慎地開始前進。

「懷疑。真的嗎?耶俱矢總是愛逞強。」

「什……什麼嘛!妳不也很睏嗎?從剛剛開始,妳使出的招式就變得很單調喔。」

「氣憤。不可能有這種事。是耶俱矢的注意力降低,沒發現夕弦纖細的操控動作。」

「是嗎?夕弦妳意外地也有幼稚的時候啊。」

「提議。那麼,我們來賭下次的勝負。」

「哦……很有意思嘛。要賭什麼?」

「微笑。輸的人,要一一說出喜歡士道的什麼地方。」

「噗咕……!這……這是怎樣啊!」

耶俱矢發出高八度的聲音。不過實際上,士道也一樣差點叫出聲。該怎麼說呢……在這種充滿緊張感的時候做出這種事情……很傷腦筋耶。

士道儘管臉頰微微泛紅,還是好不容易抵達了寢室。然後,看見兩人的床頭上各自放著對折的紙條,姑且鬆了一口氣。要是這時她們還沒有準備寫上想要什麼禮物的紙條,士道真的就不知道該如何是好了。

「琴里,知道兩人想要的禮物了。耶俱矢想要銀飾,夕弦則是想要數位相機。」

『了解。兩個禮物我都準備好了,我馬上派人過去。』

「啊——兩個人好像都還沒睡,幫我轉達給令音,請她進來房間時注意一下。」

『咦？她們還沒睡嗎？真是的……我知道了，我會轉告令音，要她小心一點。』

琴里說完這句話後過了幾分鐘，令音來到了八舞姊妹的寢室。

「妳沒有被發現吧，令音？」

「……嗯。她們似乎正埋頭打電動，沒有發現我。」

「這樣啊，那就好。」

「……話說回來，對戰輸了的耶俱矢大叫『……很溫柔！』，你知道是什麼意思嗎？」

「…………不，完全不知道。」

士道游移著視線如此說完，便從令音手上接過禮物，塞進兩人床頭吊著的襪子裡。

接著和令音一起再次通過八舞姊妹的背後，走到房間外面。順帶一提，令音為了避免馴鹿的角撞到家具發出聲音，用雙手壓住角走路。有點可愛過頭了。

所幸耶俱矢和夕弦似乎進入下一場對戰，沒有發現士道和令音。士道打算在兩人分出勝負之前離開這裡，踏著步伐前進。

然而，就在這個時候——

令音的手可能放開了，只見馴鹿的角宛如彈簧一般猛然豎起，撞到門框響起碰撞聲。

「……嗯？」

「啊……」

士道心想「這下糟了」的時候已經來不及了。

他戰戰兢兢地回過頭，發現手持控制器的耶俱矢和夕弦以往後仰的姿勢望向後方，驚愕地瞪大雙眼。

「……聖……聖誕老人！」

「驚愕。還有馴鹿。」

「……！」

士道慌慌張張地牽起令音的手，直接逃到門外。

「呼……！呼……！」

「……看樣子，她們好像已經死心了呢。」

經過數分鐘後，士道和令音在幽暗的房間裡喘氣。

兩人現在所在的地方是六樓的一間空房間。他們甩掉八舞姊妹後，逃進了這裡。

順帶一提，士道穿著難以行動的服裝，而令音穿著布偶裝，兩人之所以能夠順利地逃出風之精靈八舞姊妹的追捕，是因為士道兩人快被八舞姊妹逮到的瞬間，令音一把抓起戴在鼻子上的紅色球扔向地面產生煙幕的關係……準備得還真周到。

「那麼……接下來就是去美九和七罪的房間了。知道她們想要的禮物後，再麻煩妳送來。」

「……好，待會兒見。」

士道和令音離開空房間後，在走廊上分道揚鑣。士道直接搭電梯前往公寓的九樓，站在美九住的九〇一號房。

原本是人類的美九在市內擁有自己的房子，但因為今天聚集在同一個地方比較方便，就拜託她留在公寓過夜。

士道慎重地打開門，進入房間，走向寢室。

不過，士道立刻察覺有異。

——因為沒有人睡在床上。

「…………！」

確認這一點的瞬間，士道全身緊繃。他心想美九會不會像剛才的八舞姊妹一樣還醒著。

可是，感覺客廳和廁所都沒有人的氣息，重點是整個房間都沒有開燈。

「奇怪……琴里，美九住的房間不是九〇一號房嗎？」

『應該沒錯啊，怎麼了嗎？』

「美九不在。房間裡到處都找不到她。」

『怎麼會……？你走錯房間了吧？』

「沒有，我記得我確實走進了九〇一號房……」

士道說著，拿起手電筒照射床鋪。於是，發現棉被和床單一片凌亂，看起來就像直到剛才為止還有人躺在上面睡覺的樣子。可是，床頭找不到寫有想要禮物的紙條。

「她好像剛才還睡在床上……跑到哪裡去了呢？」

『唔……我們這邊也會檢查一下走廊的攝影機，你可以先去七罪的房間嗎？』

「嗯……我知道了。」

既然不知道美九想要的禮物是什麼，那也無可奈何。士道按照琴里的指示，決定先到七罪的房間。

七罪的房間位於公寓最上層的角落。據說是本人強烈希望，但最近她在猶豫要不要搬到四糸乃房間的那層樓。

士道打開七罪的房門後，躡手躡腳地進入裡面。

然後侵入她的寢室。七罪正在睡覺，士道用手電筒照射她的床頭，便看見上面放著一張對折的紙張。

「喔……有了、有了。我看看……」

士道望向紙面，上面寫著——

「書。」

——這個冷淡的文字。

「這又是……嗯？」

士道皺起眉頭。因為他發現那個文字的旁邊似乎有用筆快速寫過的凌亂痕跡。透過光線的照射，發現上面曾經寫下「化妝用具」這四個字。

「…………」

『士道，怎麼樣？七罪想要什麼禮物？』

琴里詢問士道。士道思考了一會兒後說：

「一套化妝用具和化妝品，另外隨便選幾本化妝的入門書。」

『哦？七罪想要那種東西啊？看來是想要改變自己呢，總覺得有點開心。』

「就是說啊。啊，七罪的皮膚有點乾燥，化粧水選保濕力高一點的。」

『是、是。』

「也別忘記送乳液喔。雖然想要送她幾種不同顏色的腮紅和脣蜜，但一開始還是盡量選不會太鮮豔的顏色。書隨便妳挑選，但幫我把心明社的《不傷肌膚的基本化妝術》放進袋子裡。那本書很不錯。還有——」

『是、是，我知道了啦，士織。』

「……啊！」

聽見琴里用這個名字呼喚自己，士道赫然回過神來。他提出的建議可能太不像男生會指定的東西了。

就在這個瞬間——

「嗯……咕……唔……」

由於睡在床上的七罪發出低沉的呻吟聲，令士道抖了一下肩膀。

一瞬間，士道還以為自己詳細的指定吵醒了七罪，但是——似乎並非如此。七罪雖然露出難以入睡的表情，但好像仍然處於睡夢中。

「怎麼了？作惡夢……」

才說到一半，士道便止住了話語。

因為七罪的棉被異常膨脹，明顯比她的體形還要大。

「……！該不會——」

七罪是擁有變身能力的精靈，萬一因為作惡夢而導致靈力逆流，可能會在情非得已的情況下展現靈力……！

士道如此心想，急忙掀開七罪的棉被。

然而，那裡卻出現——

「討厭啦……不可以這樣……」

一臉幸福無比地緊抱著七罪，呢喃著夢話的美九。

「…………」

士道假裝沒看見，將棉被蓋回去。

仔細一看，發現床頭放有另一張對折的紙條。看來美九似乎溜出自己的房間，鑽進七罪的被窩。平常總是上鎖的房門只有在聖誕夜特別開放……真是個意想不到的聖誕節禮物。

「總……總之……先來看她想要什麼禮物吧。」

士道打開紙條。

「達令的陪睡CD（各種角色最少三種模式）。」

「…………」

士道抱著頭。

『怎麼了，發生什麼事了？』

「……沒有，就是美九她啊……」

琴里詢問後，士道便簡單地說明狀況。

『啊……原來如此，真拿她沒辦法。我會想辦法，你稍微等一下。』

可能有什麼方法吧，只見琴里一臉無奈地如此說道。

大約過了十分鐘，抱著袋子的馴鹿走了進來。順帶一提，剛才理應已經摘下的紅色鼻子再次出現在她的臉上。

「……久等了。」

「不會，沒關係。重點是——」

「……嗯，給你。」

令音說完，將袋子遞給士道。士道從袋子裡拿出一套化妝用具、化妝品，以及數本入門書後，將它們放在七罪的床頭。

「呃，接下來是……」

士道話說到一半，這次令音把類似一本書的東西交給他。

「嗯？這是……什麼啊……」

士道看見封面，不由得啞然失聲。

因為上面寫著「五河士道陪睡ＣＤ腳本（第三稿）」。

士道看向令音，發現她不知何時已將小型電腦放在大腿上，隔著布偶裝戴上耳機，將收音麥克風對準士道，做好萬全的錄音狀態。

「妳說要想辦法，結果就是這樣嗎！」

士道不禁大叫出聲。

『我有什麼辦法啊。要盡可能滿足她們的願望啊。』

「話是這樣說沒錯啦！應該說，這個（第三稿）是怎樣啦！妳是從很久以前就在準備了嗎！竟然還改稿！」

『安靜一點啦。會把兩人吵醒。』

「唔……！」

經琴里這麼一提醒，士道也只能乖乖閉上嘴。儘管難以接受，還是噤口不語。

於是，令音像是在催促一般推了推收音麥克風。

「啊啊，真是的……」

事情演變到這種地步，也只能自暴自棄了。士道翻開腳本，用手電筒照射紙面，高聲朗讀第一頁。

「……什……什麼？妳說妳睏了？哼，誰管妳啊。妳愛睡就去睡啊……什麼？為什麼我非得……做那種事不……不可啊。煩死了。我不是叫妳快點去睡嗎……啊……妳那是什麼表情啊……受不了，真拿妳沒辦法……聽好嘍，只有五分鐘喔。要是五分鐘沒睡著，後果自行負責……」

「……小士。」

當士道滿臉通紅唸著腳本時，令音在半途插嘴。

「幹……幹嘛？」

「……說話的口吻再唯我獨尊一點。」

「妳在說什麼啊，令音！」

士道忍不住發出哀號。

◇

「累……累死我了……」

大約經過一個小時，士道終於錄完音，當場編輯過的聲音透過令音的手變成一張ＣＤ。

士道將那片ＣＤ放在美九的床頭，離開房間，和令音道別。

這下子終於送完全部的禮物。士道吐出一口安心的氣息。

『辛苦了。你可以回來了。』

「好……妳也辛苦了。很睏吧？妳可以先去休息沒關係。」

『哼，少瞧不起人了。熬這點夜——呼啊……』

說到最後，琴里打了一個呵欠。她故意清了清喉嚨想蒙混過去。

「看吧，就叫妳別逞強了。熬夜皮膚會變差喔。」

『是、是……那我就恭敬不如從命了。』

琴里以一副真拿你沒轍的態度說道。

『那麼，晚安。』

「嗯，晚安。」

士道回答後便朝電梯走去。然後來到一樓，離開公寓，走回自己家。

先前還在下的雪已經停了，四周還微微殘留著一片雪白的痕跡。看樣子，應該會在早晨來臨之前全部融化吧。搞不好真的是老天爺送給琴里的禮物呢。

士道進家門後把門鎖上，回到自己的房間。

但是，他還不打算脫下聖誕老人裝。因為他還有最後的工作要做。

「很好……」

士道稍微打發了一下時間後，便從壁櫥裡拿出一個包裝好的小盒子，悄悄走在走廊上，朝琴里的房間移動。

然後，確認琴里正在睡覺後，打開房門，走到入眠的琴里身邊。

「雖然下雪也不錯，但身為哥哥可不能讓出聖誕老人這個角色。」

士道說著，將禮物盒放到琴里的床頭。

「聖誕快樂，琴里。」

士道輕輕撫摸琴里的頭，然後回到自己的房間。

「好了……終於結束聖誕老人的任務了……」

就在這個時候……

士道打開自己房間的門後，當場僵住身體。

理由很單純。因為房間裡出現了剛才不存在的人影。

待在那裡的，是一名大概與士道同年的少女。她的特徵是一頭及肩的整齊髮絲，以及纖細的身軀。

「折……折紙……？」

士道怔怔地呢喃。沒錯。那就是士道的同班同學，鳶一折紙小姐本人。

不過，士道身體僵硬的理由不只是因為折紙出現在那裡。不對，這也是十分異常的事態，但還有其他更大的問題。

因為折紙現在身上並沒有穿衣服，而是用粉紅色的緞帶纏繞住全身。

而且，不知道她到底是從哪裡找來的，竟然有一隻幾乎能容納整個人的巨大襪子。折紙正張開襪子的開口，打算進到裡面。

宛如——自己就是禮物一樣。

「…………」

折紙看著士道默默無語一會兒——然後再次蠕動身體，開始進入襪子裡。

「喂！妳在幹什麼啊！」

「禮物。」

「什麼啊？」

「我。」

「不對，也太莫名其妙了吧！」

士道忍不住大叫出聲。不過，即使想把她趕出房間，她的身體全是危險區域，要是現在碰到她就會馬上出局。

折紙聽見士道說的話，做出沉思的動作一會兒後便把腳抽離巨大的襪子。

士道一瞬間還以為她會乖乖回家，不過他太天真了。折紙將手上提著的襪子開口一口氣撐大，直接蓋到士道的身上。

「唔……唔唔……！」

「得到禮物了。」

「嗯！嗯！」

士道在突然變暗的視野中不停揮舞著手腳掙扎。

——結果，士道提出把自己穿過的聖誕老人裝送給她，花了一個小時的時間才讓她妥協。

「士道！士道！」

「嗯……唔……」

隔天早上，叫醒士道的是從樓下傳來的精力充沛的呼喊聲。

緊接著，好幾道腳步聲啪噠啪噠地走上樓梯，猛力開啟房門。

「士道！你看！我早上起床之後，發現床頭放著漢堡排和漂亮的餐具耶！」

「我這裡放著……帽子和……」

「還有四糸奈的衣服喲！」

「聽本宮說，士道！昨天有一名身穿深紅色服裝的聖者和擁有巨大獸角的神獸，出現在本宮和夕弦的面前喔！」

「驚愕。等夕弦發現的時候，床頭已經放著飾品和照相機。」

「達令！達令！這個好棒喲～～！人家太興奮，完全睡不著呢～～！」

「啊……啊哇哇……」

「…………」

拿著大盤子的十香、戴著新帽子的四糸乃與穿上新衣服的「四糸奈」、戴上銀飾的耶俱矢、拿著照相機的夕弦、異常興奮的美九，以及被美九摟在腋下，手上拿著化妝用具，滿臉通紅的七罪，大家同時湧進士道的房間。順帶一提，最後面也能看見穿著有點大的聖誕老人裝的折紙。

「呼啊啊啊……」

士道一臉愛睏地打了一個呵欠，並且緩緩坐起身。由於睡眠不足，身體感到非常沉重，但總不能對收到禮物感到開心的精靈們潑冷水。

「喔，太好了呢。因為大家有努力做個乖寶寶，聖誕老人都有看在眼裡呢。」

士道說完後，大家一起露出了既開心又害羞的笑容。

下一瞬間，走廊的對面傳來「砰！」一聲開門的聲音，手裡拿著一條小墜飾的琴里慌慌張張地跑了過來。

「士道！這……這個……」

「喔喔，琴里收到那個啊？太好了呢！」

看見琴里手上拿的東西，十香露出微笑。

「咦？啊——」

琴里在此時像是察覺到什麼事情似的止住話語後，將視線投向士道，嘴巴一張一合像是在說：「……謝、謝、你。」

「哈哈……」

看來琴里似乎還滿意那份禮物。士道稍微感受到一股成就感，伸了伸懶腰。

就在這個時候——

「……？士道，那是什麼？」

四糸乃突然看著士道的床頭，一臉納悶地歪了歪頭。

「咦？」

說完，士道循著四糸乃的視線望向床頭。

於是發現那裡放著一個包裝精美的盒子。

「這是……」

士道瞪大雙眼，望向琴里。因為他認為會做這種事情的，就只有琴里了吧。

不過，琴里彷彿在說自己什麼都不知道一樣搖了搖頭。他看向折紙、應該知道聖誕老人的美九和七罪，她們也都做出類似的反應。

「喂、喂……真的假的啊?」

——難不成,世上真的有聖誕老人的存在嗎?

士道手裡拿著禮物,仰望擴展在窗外的天空。

聖誕老人狂三

SantaclausKURUMI

DATE A LIVE ENCORE 3

夜晚亮起的燈光比平常還多。

狂三從大樓的頂樓上睥睨似的眺望眼下熠熠生輝的燈光，微微伸了伸懶腰。嘴裡吐出的氣息染成白色，宛如溶在空氣中一般煙消雲散。

十二月二十四日，整個城鎮已完全陷入聖誕節的氣氛。閃爍的燈飾在街上舞動，將夜晚的街道、來往的行人照耀得如夢似幻。

「哎呀、哎呀……」

狂三倚靠在欄杆上，眯起眼睛。

這個時期令她感到苦悶。並不是覺得厭惡這類的感情，但就是不怎麼……擅長面對。

究竟是為什麼呢？就連她自己也不太清楚。是討厭冬天的寒冷呢？還是受不了看見沒品味的燈飾？抑或是——

「…………」

——肯定只是看不慣人類因節慶的氣氛而興奮欣喜，那種樂天至極的神情吧。狂三像是在說給自己聽似的隨便下了個結論後轉過身。

建在鬧區角落的大樓頂樓上沒有其他人影。不對——正確來說，有點不對。因為即使沒有人在，也有「影子」蔓延四周。

沒錯。是「影子」。

不是夜晚也不是黑暗——充滿那個頂樓的，無庸置疑是狂三的「影子」。

「——我們。」

狂三呢喃般吐出這句話後，好幾隻白皙的手便從蔓延整個頂樓的影子中探出來回應她。接著，那些手蠱惑般蠢動著手指，身體便旋即從影子中爬出，置身於戶外的空氣中。

現身在那裡的，是一群長相一模一樣的少女。綁成左右不均等的黑色長髮、在黑暗裡異常顯目的白皙面容，以及——滴滴答答刻劃著時間的左眼。

她們全是「時崎狂三」本人。

這也是理所當然。因為她們是利用狂三的天使〈刻刻帝(Zaphkiel)〉的力量所重現的狂三過去的姿態。

「結果如何？」

狂三撫摸著下巴詢問分身們。於是，坐成一排的「狂三」們依序發出聲音：

「沒看見DEM Industry有明顯的動作。」

「ＡＳＴ也一樣，很安分。」

「其他對付精靈的機構也一樣。」

「這樣嗎？」

狂三瞇起雙眼，吐了一口氣。大致上都跟預料中的一樣。

現在聚集在這裡的分身們是狂三派到各處的諜報用「狂三」。對敵人眾多的狂三而言，情報就是生命線。狂三之所以會在這裡，也是為了接受分身們的定期報告。

「所以，第二精靈的下落呢？」

狂三說完，分身同時互相對視，一起搖了搖頭。

這也在……預料之中。狂三不怎麼失望地垂下雙眼。

第二精靈。正如她的稱呼一樣，據說是第二個現界到這個世界，被視為唯一掌握著狂三在尋找的初始精靈情報的精靈。

根據分身的調查結果，發現第二精靈似乎遭到DEM Industry囚禁，但是……現在還無從得知她究竟被囚禁在哪一國的哪個設施。

「反正……對ＤＥＭ來說，這也是最重要的機密，我不認為能輕易抓住他們的尾巴。麻煩妳們繼續調查嘍。」

「好的、好的。」

「知道了，我。」

「為了我們的夙願。」

「狂三」們如此說道。狂三聽見這些話，默默地點了點頭。

沒錯。狂三必須找出第二精靈。

然後，必須問出有關初始精靈的事情。

為了確實──葬送她的性命。

「啊啊……對了。」

其中一名分身像是想起了什麼事情一般發出聲音。

「怎麼了，我？」

「嗯。我忘記報告一件事情了，是有關士道的事。」

「士道……？」

聽見分身的發言，狂三抽動了一下眉毛。

五河士道是擁有能將精靈的力量封印到自己體內這種不可思議能力的少年之名。

狂三為了達成目的，需要士道儲存在體內的龐大靈力，所以和DEM及AST一樣，派分身去調查他的動向。

「發生什麼事了嗎？」

「是的。看樣子士道他──」

分身以一副事態嚴重的口吻說道。看見分身非比尋常的模樣，狂三稍微做好心理準備。

「今晚好像要扮成聖誕老人，送十香她們禮物喲。」

「…………」

聽見分身說的話，狂三一瞬間將眼睛瞪得老大，然後用手扶住額頭，唉聲嘆了一大口氣。

「……我還以為妳要說什麼呢，原來是這種事啊。」

白緊張了。狂三再次誇張地嘆息。

看來士道即使封印力量，只要精靈們的精神狀態混亂，似乎就會引發一部分的靈力逆流，所以士道有時候會以各式各樣的手法試圖討精靈們的歡心。這次也是那種活動的其中一環吧，並不需要特別放在心上。

不過，分身搖了搖頭。

「妳在說什麼啊，我。妳沒發現這代表什麼意思嗎？」

「……？代表什麼意思？」

「如果是交換禮物倒還無所謂，但扮成聖誕老人，就代表沒有人送士道禮物啊。」

「那又怎麼樣呢？」

「明明那麼努力，這樣不是太可憐了嗎？」

「…………」

狂三嘆了不知道第幾次的氣……由於用〈刻刻帝〉製造出的分身是狂三過去的姿態，所以個性和樣貌有些微妙的誤差，但是……看來這個狂三似乎有些「太過年輕」了。

「真是的……不要盡想些多餘的事，好好完成妳的任務。再說——」

然而，狂三正想對分身訓話的時候——

「哎呀、哎呀，那確實很可憐呢。」

「是啊、是啊，努力應該得到回報。」

「就是說呀。真想幫幫他呢。」

不知為何，其他分身也開始對這個話題表示贊同。

「我們，這是在說什麼啊？」

狂三以無奈的口吻說完，分身們便同時對她投以視線。

「可是，我，妳不覺得士道也應該得到什麼獎勵嗎？」

「就是說呀。仔細想想，上個月士道為我們證明了改變歷史的可能性之後，都還沒有向他道謝呢。」

分身們如此說道。聽見這句話，狂三輕輕皺起眉頭。

上個月，狂三對士道發射時光倒流的子彈——【十二之彈】(Yud Bet)，將士道送回五年前的世界。

然後，士道證明了。

——歷史並非絕對不會改變。

世界能夠改變。實際上，士道也確實改變了，將充滿絕望的悲劇「抹消」。

既然如此——狂三應該也能做到。殺死初始精靈，改變世界。

確實，自從發生那件事之後，狂三的決心變得更加堅定。因為改變歷史的可能性是行得通的證明就展現在她的眼前。可是——

「那件事對士道而言，不也有好處嗎？士道渴望改變折紙的命運，條件就是為我證明了改變歷史的可能性。而我渴望得到改變歷史的證明，代價就是將〈刻刻帝〉極為機密的【十二之彈】用在他的身上。這樣不就扯平了嗎？」

沒錯，這樣事情應該已經結束了才對。狂三垂下眼，聳了聳肩。

可是分身們卻表現出一副無法認同的樣子，嘟起嘴唇。

「就結果而言或許是那樣沒錯，但我認為當初很難說是在雙方都完全認同的情況下進行那件事的。」

「就是說呀。完全是事後承諾嘛。」

「而且，就算再怎麼說是妳為他獻出【十二之彈】，但還不是用士道的靈力來啟動。」

「當然，那畢竟是我的個性嘛。我也沒有打算責備這件事，但我覺得向他表達謝意也不會遭天打雷劈吧。」

「就是說呀～～」

「對吧～～」

竟然表現出一副不滿的樣子，開始七嘴八舌了起來。狂三一臉困惑地用手扶住額頭。
「妳們說表達謝意……到底要我做些什麼？」
狂三說完，分身們便一瞬間互相對視後轉回視線。
「難得聖誕節嘛，準備個什麼禮物送給士道如何？」
「話雖如此，我當然也不會叫妳直接拿給他。因為我了解我和士道之間的微妙關係嘛。」
「所以，在半夜的時候，把禮物放在士道的床頭就好了。」
「…………」
狂三的臉頰冒出汗水。簡單來說，似乎就是要狂三當聖誕老人的意思。
開什麼玩笑。狂三傻眼地搖了搖頭。
「妳們在胡鬧嗎？既然妳們那麼想送他禮物，就自己——」
才說到一半，狂三便止住了話語。
要是說出這種話，年輕的分身們肯定會覺得真是幸運而興高采烈地把禮物送到士道身邊。
如果只送完禮物就走人倒還好，但從她們會說出這種話來就知道，年輕的分身精神較不穩定
——比現在的狂三更容易受到感情的牽絆。若是讓她們過度與士道接觸，可能會對士道懷抱特殊的感情。
如果真的演變成這種地步，只能處理掉那個分身了。當然，只要有「時間」就能補充分身，

但是——殺死「自己」的感覺實在不是很好。

話雖如此，就算強勢地禁止他們見面，也不知道分身們會不會聽從自己的命令。狂三像是死心似的嘆了一口氣。

「……真是無可奈何，我就去吧。」

聽見狂三說的話，分身們頓時興奮了起來。

「虧妳有辦法下定決心呢。」

「呵呵呵，要送士道什麼東西好呢？」

「我們，有什麼提議嗎？」

「可是，今晚就要執行了吧？現在能準備好的東西——」

就在分身們互相討論的時候，當中有個人優雅地舉起手。

「關於這件事，就交給我來辦吧。」

「妳……妳是！」

「五年前的我！」

於是，宛如要將舉起手的分身顯現給狂三看似的，原本聚集在一起的分身們快速地朝左右分開，就像在看歌劇的感覺。

「……哎呀。」

看見她的身影，狂三抖了一下臉頰。

不過，這也難怪吧。待在那裡的確實是「狂三」沒錯，不過——她跟其他「狂三」們的打扮有略微的不同。

頭髮沒有綁起來，而是戴著薔薇設計的髮飾。說到服裝，則是黑白構成的單色洋裝，而左眼可能是為了遮掩錶盤，戴著醫療用眼罩。

是重現狂三距今約五年前必須遮掩左眼時，試著戴上眼罩，結果莫名感到滿意的分身。

……儘管當時覺得這樣的裝扮很帥氣，但如今重新審視後，發現非常丟臉。老實說，是個狂三不太想見到的個體。

「妳說交給妳，是什麼意思？」

「呵呵呵，就是字面上的意思呀。」

說完，眼罩狂三從懷裡拿出一只小盒子。

「我猜想可能會有這種事情發生，已經事先準備好禮物了。」

眼罩狂三得意洋洋地說道。於是，周圍的分身們便發出「喔喔！」的聲音。

「真是準備周到呢，我。」

「真不愧是我。」

掀起一陣莫名自賣自誇的聲浪。不過，狂三臉頰流下了汗水。

理由很單純。因為她對五年前的狂三選擇禮物的品味隱約感到一絲不安。

眼罩狂三不知是否察覺到狂三的想法，優雅地走上前來，把那只盒子遞給狂三。

那只盒子雖然比手掌還要稍微小一點，卻挺沉重的，是讓人猜想裡面放了什麼金屬類物品的重量感。

「……所以，這個盒子裡放了什麼呢，我？」

「呵呵呵，在士道打開之前，敬請期待吧。」

「…………」

這是狂三所有猜想得到的答案中最不想聽見的回答。狂三因為輕微的暈眩而腳步踉蹌。

她到底送了士道什麼禮物呢？狂三一邊回想五年前自己的品味一邊沉思。

「如果盒子裡面放的是刻有我名字的逆十字盾牌戒指，妳最好要先有身首會分家的心理準備喲，我。」

「唔咕！」

「唔咕！妳剛才說了唔咕吧！」

狂三忍不住大聲吶喊。但是，眼罩狂三立刻嘻嘻嗤笑。

「我鬧妳的啦。裡面放的是別的東西。」

「…………」

狂三對眼罩狂三投以懷疑的視線。

只要使用〈刻刻帝〉【十之彈(Yud)】，便能輕易地得知這個盒子裡放的是什麼東西。但是，狂三無法為了這種無聊的事情消耗寶貴的「時間」。

……反正就算裡面放了什麼，也無法顯示那是狂三所送的禮物。如此判斷後，狂三死心似的嘆了一口氣。

「只要在士道睡覺的時候，把這個放在他的床頭就好了吧？」

「沒錯、沒錯。」

「就是這樣。」

「士道也一定會感到很開心。」

分身們開始喧騰了起來。

然而──

「──士道真的會開心嗎？」

此時，從分身們當中傳來這樣的聲音。

「妳……妳是！」

「六年前覺得纏繃帶很酷的我！」

聽見那道聲音，分身們反射性地同時抬起頭，跟剛才一樣快速向左右兩邊讓開，顯現出那個分身的身影，簡直就像是分開紅海的摩西。

從那裡現身的，是從頭到腳纏繞著繃帶的狂三。右手、左腳，當然還有──左眼。

雖然模樣看起來很淒慘，但並不是受多嚴重的傷。本來只有右手擦傷，但狂三心想為了這種程度的傷使用【四之彈】未免也太浪費了，便用繃帶包紮，包著包著覺得挺有趣的，就連沒有受傷的地方也施予治療。

……她也是和眼罩狂三一樣，是狂三不怎麼想看見的時代的個體。

「妳這話是什麼意思呢，我？」

分身詢問繃帶狂三。於是繃帶狂三露出意味深長的笑容，指向狂三。

「答案很簡單，就是我們的裝扮啊。妳該不會打算穿成那樣去找士道吧？」

「……妳該不會，要叫我纏上繃帶吧？」

狂三說完後，繃帶狂三一瞬間瞪大了雙眼，誇張地聳了聳肩。

「我不是那個意思。雖說禮物本身不會留下我的痕跡，但要是士道目睹我將禮物放在他床頭的身影，那不就沒意義了嗎？」

聽見繃帶狂三說的話，狂三恍然大悟地點了點頭。她說的沒錯。當然，既然要做，狂三就不打算失敗，但凡事總有萬一。若是穿著這件特徵明顯的靈裝，想必士道一眼就會認出狂三。

「說的對呢。那麼，換成便服之後──」

「不用，我已經準備好比便服更適合的服裝。」

「咦？」

聽見狂三的聲音，繃帶狂三揚起嘴角露出邪佞的笑容，接著朝旁邊舉起一隻手。

於是那一瞬間，一套衣服從影子裡飛到她的手中。一套紅白色的服裝。

「那……那是……」

「聖誕老人裝嗎？」

分身們將眼睛睜得圓滾滾的。

沒錯。繃帶狂三拿出來的，正是毛絨絨的上衣加褲子、紅色的帽子，以及一只大袋子，所謂聖誕老人的服裝。

「沒錯。穿上這套衣服的話，就算被發現也只會認為是聖誕老人。」

「別……別鬧了吧！」

狂三忍不住大叫出聲。本來就已經沒什麼意願了，為什麼還非得穿那種奇裝異服不可啊。

不過，分身們不理會狂三的抗議，氛氛更加熱烈。

「啊啊，真是棒啊、真是棒啊。」

「是啊。好像很適合我呢。」

「呵呵呵，我穿什麼都好看嘛。」

「喂……喂，聽我說——」

就在狂三話說到一半的時候——

「——那可不行呢。」

從分身們當中響起這樣的聲音。

「妳……妳是！」

「七年前，熱愛甜美蘿莉風時期的我！」

分身們的人潮第三次分了開來。

站在那裡的是與周圍的狂三呈現對比，身穿綴滿荷葉邊及蕾絲的白色洋裝的狂三。那身裝扮宛如童話裡的公主，頭上戴著一頂有如花朵般的綁帶軟帽，手上則握著一把應該無法遮陽擋雨的小傘。順帶一提，甜美蘿莉是指以柔和的色調為主體，帶有甜美風格的蘿莉時裝。

「妳這話是什麼意思呢，我？」

「那套聖誕老人裝，不是完全符合條件嗎？」

「妳有什麼不滿呢？」

分身們一臉納悶地問道。於是甜美蘿莉狂三像是在表達「妳們真可悲」似的搖了搖頭。

「就機能性而言，這套衣服確實足以應付。可是，身為一名少女，可不能忘記要經常保持優雅喲。」

「那麼，妳說要怎麼辦呢？」

「呵呵呵——」

聽見分身的聲音，甜美蘿莉狂三走向繃帶狂三的身邊。

然後，只把帽子和袋子留在繃帶狂三的手上，拿起上衣和褲子後，原地轉了一圈。

於是，不知不覺間，她手上的衣服便改變了形狀。顏色依然是紅與白，但是布料的面積明顯比剛才來得少，而且版型特別強調身體的曲線。另外，變化最大的是下半身的服裝。原本的褲子，變成可愛的迷你裙。

那套衣服的存在感令分身們發出「喔喔……」的喧鬧聲。

「原……原來如此……這真是！」

「土氣的聖誕風格一口氣變成了可愛的迷你裙聖誕裝呢！」

「不愧是甜美蘿莉時期的我！」

看見眼前發生有如魔法般的事情，分身們紛紛鼓掌叫好。繃帶狂三也像是在表達「哎呀、哎呀，真是敗給妳了」似的聳了聳肩。

哎，若要破解她的手法，大概就只是在旋轉身體的同時，將手上的衣服與藏在影子裡的衣服對調過來罷了，不過……該怎麼說呢，七年前的狂三比現在更講究精緻的表演。

「那麼，我。妳就穿上這套衣服，去士道家吧。」

「別……別鬧了！為什麼我非得穿成那樣……」
「哎呀，那就沒辦法了。只好由我代替妳去吧。」
甜美蘿莉狂三像是在表達「那樣也無所謂」似的說道。
「唔……」
狂三一臉懊悔地發出呻吟。

◇

「……那麼，我出發了。」
狂三在影子裡發出聽似疲憊的聲音。
「哎呀、哎呀，妳沒什麼精神呢。」
「妳這個樣子，可是會被發現的喲。」
「…………」
狂三聽著分身們悠閒的聲音從背後傳來，緊咬牙根後便像是死心般嘆了一口氣，從影子裡探出頭來。
然後觀察四周的情況，確認四下無人後，再從影子裡順暢地拉出身體。

腰部像是馬甲一樣被束緊，大膽露出肩膀的聖誕老人裝，向下延展的幅度十分可愛的迷你裙，以及附有白色球球的靴子。狂三身上穿著這種分不清到底符不符合這個季節的服裝。結果，狂三拗不過分身們的請求，被迫做出迷你裙聖誕老人風的打扮。只要牽扯到一群愚蠢的人，民主制度就會如此墮落。狂三感覺看到了民主主義的致命弱點。

事實上，就聖誕老人裝而言，這套服裝過於暴露，所以非常冷。或許是剛才下過雪吧，街道上染成一片微白，感覺更加寒冷。

話雖如此，總不能一直拖拖拉拉下去。事情既然已經演變成這種地步，盡早達成目的才是上策吧。狂三如此心想，接著抬起頭。

她從影子裡現身的地方，是士道居住的五河家門口。如果分身的報告無誤，士道現在應該正在自家隔壁的公寓發送禮物。

照理說，聖誕老人應該要在對方睡覺的時候造訪，但是這樣的話，士道有可能會在半途醒來。既然如此，趁士道不在家的時候放下禮物比較保險吧。這就是狂三答應穿上聖誕老人裝，與分身們交換的條件。有一部分的分身看起來非常不滿，似乎是期待士道睡到一半醒來，和狂三發展成令人臉紅心跳的局面，但狂三露出凶惡的眼神瞪視她們後，她們只好乖乖地服從。因為眼神含有力量。

「好了……快點交差了事吧。」

狂三說著，撫上五河家的門。

就在那一瞬間──

「──等一下──」

「──往哪裡跑──」

「哎呀……？」

不知從何處傳來像是人說話的聲音，狂三疑惑地歪了歪頭。是從周圍的住宅傳來的嗎？宛如在追趕什麼東西的聲音──

在狂三思考著這種事情的時候，緊接著左方的公寓便傳來慌亂的腳步聲，以及自動門開啟的聲音。

「唔，聖誕老人逃到哪裡去了！」

「尋找。應該還沒逃遠。」

一對長相一模一樣的雙胞胎呼吸急促地從公寓跑了出來，左顧右盼地開始環顧四周。

「哇！下雪了嗎！好棒！」

「驚愕。周圍一片雪白。」

狂三曾經見過她們。兩人是操縱風的精靈，八舞耶俱矢、八舞夕弦姊妹。

看來似乎是在尋找什麼東西的樣子，呼吸聲非常急促──

「────！找到嘍，夕弦！」

「確認。那套紅白色的服裝，絕對沒有錯。」

「咦？」

耶俱矢和夕弦猛然瞪大雙眼後，隨即朝狂三衝來。狂三一瞬間將眼睛瞪得老大。

但馬上察覺到緊急狀態，慌慌張張地奔跑在路上。

「等一下────！」

「追趕。別想逃……！」

「這到……到底……是怎麼一回事啊……？」

面對突如其來的事態，狂三的頭腦一片混亂。簡直是莫名其妙。但她唯獨明白一件事，就是

如果現在停下腳步可能會引發許多麻煩。

狂三在不知道自己為何被追趕的情況下，奔馳在夜晚的住宅區。

「呼……！呼……！」

不知道持續了多久的追逐戰，終於冷靜下來的狂三逃進影子裡，總算甩掉了八舞姊妹。

照理說，被封印靈力的精靈根本不是狂三的對手，但不管是以什麼樣的形式，今晚狂三都不

想留下痕跡，更何況也不能因為這點程度的小事而浪費「時間」。

狂三一邊調整呼吸，沿著來時的路走回，再次抵達士道的家門口。

「受不了……剛才到底是怎麼回事啊……」

狂三這麼說著，恢復冷靜後思路變得十分清晰。從八舞姊妹說的話來類推，她們應該是在追趕士道假扮的聖誕老人時發現了狂三，不小心搞錯對象了吧。還真是倒楣呢。

「所以我才不想穿成這樣啊。」

「哎呀、哎呀、哎呀。」

狂三像是發牢騷地說完，影子裡便傳出分身的聲音。

「可是，如果妳沒穿上聖誕老人裝……」

「不是就會被八舞姊妹發現真面目了嗎？」

「唔……」

狂三微微皺起眉頭後，重新打起精神面向五河家。

「總之，這次我要去了。」

說完，狂三打開大門進入庭院。

話雖如此，她當然不會犯下直接開啟玄關房門的失誤。既然經過了一段時間，士道有可能已經回來，士道的妹妹火焰精靈〈炎魔(Ifrit)〉——五河琴里也可能在家。

狂三輕巧地翻轉身體，以優雅的動作登上五河家一樓的屋頂，從那裡窺視士道房間的窗戶。

就在這個時候，狂三察覺到不對勁。窗戶的鎖早已打開。

「哎呀……？」

狂三歪了歪頭後，從窗戶窺視房間內部——一瞬間僵住了身體。

理由很單純。雖然士道不在房間，但是……已有人先行來到他的房間。

「…………」

士道的同班同學鳶一折紙正在房間的正中央，動作迅速地脫衣服。

針織衫、女用襯衫、裙子、襪子，甚至連內衣和內褲。她脫下身上穿的所有衣服，呈現一絲不掛的姿態。

於是，折紙從帶來的包包拿出捲成像膠帶一樣的緞帶，順暢地拉出來，靈巧地纏在身體上，宛如——在包裝禮物一樣。

然後，把裸體包裝得很可愛的折紙一臉滿足地點了點頭，從包包拿出能裝下一個人大小的巨大襪子，拉開開口，打算進去裡面。

就在這個時候——

「…………」

房門喀嚓一聲開啟，疑似結束工作，穿著聖誕老人裝的士道走了進來。

片刻之間，陷入一陣沉默。

——接下來的發展正如預料中的一樣。

折紙把士道塞進巨大的襪子裡打算帶走他，士道拚命逃跑。我知道了，總之妳先冷靜下來，好嗎？把人當成禮物不好啦。其他的東西我倒是可以給妳……咦？印章？妳想幹什麼啊！其他的欄位已經填寫好了……？是什麼東西填寫好了啦！士道語帶哀號的聲音甚至傳到了外面。

大約過了一小時，在狂三的身體凍到骨子裡的時候，兩人達成協議，以士道身上穿的聖誕老人裝作為禮物（順帶一提，折紙答應接受這份禮物的交換條件是士道在脫下聖誕老人裝之前，必須各做一百次伏地挺身、訓練腹肌和背肌的運動，以及深蹲運動。士道雖然感到有點莫名其妙，還是乖乖照做）。

「終……終於……結束了嗎……？」

狂三目送著折紙離去的背影，一邊摩擦露出的肩膀說道。她的牙齒喀噠喀噠不停地打顫，全身因寒冷而不住地顫抖。

還不能進去房間裡面。那是當然的。因為不過是折紙離開，士道還沒有就寢。

話雖如此，士道應該也已經睏了吧。像是遭到洗劫一樣被搶走聖誕老人裝的士道打了一個噴嚏後，穿上睡衣，一臉睏倦地打了一個呵欠，接著鑽進被窩，立刻開始發出鼻息聲。

「…………」

狂三確認士道已經完全進入夢鄉後，打開窗戶，侵入房內。

雖說比外頭好多了，但房間裡還是很寒冷。狂三打算快點辦完差事回去，用顫抖的手摸索袋子裡面。

就在這個時候——

「嗯……」

「……！」

看見士道發出呻吟翻過身，狂三內心浮現一個想法。

既然士道有可能會醒來，盡早完事離開才是上策。但是，雖說原因出在折紙身上，但畢竟在寒空下等待了一個多小時，要點福利也不為過吧。

「……畢竟我冷得要命，實在沒辦法。」

狂三像是在找藉口似的呢喃後，悄悄地掀開士道的棉被鑽進被窩，正好呈現陪睡的姿態。

「啊啊……！」

因士道的體溫而溫暖的棉被包裹住狂三的全身。狂三不由自主地發出陶醉的聲音。

「好溫暖……呀……」

凍到失去知覺的手指慢慢地溫暖了起來。與此同時，睡魔也開始侵襲狂三的意識。

「啊……啊啊……」

要是就這麼睡著，明天早上麻煩就大了。狂三也明白這個道理，但是溫暖的棉被和士道的體溫漸漸吞噬她的意念。

「不……不行……這樣下去……啊啊……可是……」

狂三的意識逐漸遠去，眼皮緩緩垂下。

然而，就在那一瞬間——

「嗯……狂……三……」

「……！」

聽見士道發出的聲音，狂三的意識反射性地在一瞬間清醒。

狂三以為士道從睡夢中醒來，然而——並非如此，似乎是在說夢話。

「真是的，不要嚇人啊……」

也許是聞到睡在他旁邊的狂三的味道而想起狂三吧，又或許只是單純的偶然——詳細情形不得而知，不過，狂三似乎出現在士道的夢裡。

「哎呀、哎呀……是在作什麼樣的夢呢？」

狂三露出一抹苦笑，用手指戳了戳士道的鼻尖。於是，士道從喉嚨發出像是「唔唔」的呻吟聲後——

「……我會……拯救……妳……」

斷斷續續說出這樣的夢話。

「…………」

狂三俯視著士道的睡臉，沉默了一會兒後輕聲吐出嘆息。

「……哎呀、哎呀。」

她那暖了幾分的身體離開棉被，將棉被重新蓋回士道身上，然後把準備好的禮物放在士道的床頭。

「……你在夢裡也說出這種話嗎？士道真是個大好人呢。」

狂三語帶嘆息地如此說完，轉過身踏上窗框。

「那麼，再會——」

才說到一半，狂三止住了話語。

因為她認為此時此刻，今晚，應該說出更適合的話語。

「——聖誕快樂，士道。」

狂三如此說完便從窗戶躍上空中。

◇

——十二月二十五日早上，五河士道感到十分困惑。

那也難怪。因為有個陌生的禮物放在自己的床頭。

「這……到底是……」

昨晚扮演聖誕老人一角的不是別人，正是士道，沒道理會有禮物放在他的床頭。早上，帶著聖誕老人送的禮物聚集在士道房間的精靈們也都露出不知道這個禮物是怎麼回事的表情。

——難不成是真正的聖誕老人送給士道的禮物嗎？

正當士道對於這過於不切實際的想法露出苦笑時，十香說了：

「士道，所以裡面放了什麼？」

「咦？啊啊……聽妳這麼一說……」

士道只將注意力放在床頭放有禮物這件異常的事態上，但所謂的禮物並非經過包裝的盒子，而是放在裡面的東西。或許看了內容物，就能得知是誰送的。

「那麼……我要打開嘍。」

士道如此說完後，將手放到綁在盒子上的緞帶。精靈們嚥了一口口水，注視士道的手邊。

「總……總覺得好緊張呢……」

士道這麼說著，拆開緞帶和包裝紙，緩緩地打開盒蓋。

然後，拿出放在裡面的東西。

「這是……」

「是錶……嗎？」

四糸乃看著士道手上的東西如此說道。

沒錯。那是一只一手能掌握的金色懷錶。按下錶頭的按鈕後，設計精細的錶蓋便掀了開來，顯現出「滴答滴答」規律地刻劃著時間的錶盤。

雖然士道沒什麼鑑別能力，但輕易就能看出這只懷錶並非便宜貨。到底是誰把這種東西放在他的床頭呢……？

不過，士道的腦海裡產生了另一種疑問。

「……我好像……在哪裡看過這只錶……？」

士道說著，高舉懷錶。

滴答、滴答。懷錶靜靜地刻劃著時間。

宛如——狂三的眼眸。

後記

好久不見，我是橘公司。為您獻上《約會大作戰　安可短篇集3》。各位覺得如何呢？如果各位讀者喜歡本書，將是我莫大的榮幸。

那麼，這次的頁數也所剩無幾，我就盡快地來發表一下短篇集慣例的感想文。內容會提及少許的故事情節，還沒閱讀短篇故事的讀者請小心踩雷。

○登臺美九

這篇短篇的主角是美九。人氣與美九平分秋色的對手——朝倉日依在本篇故事中登場。由於短篇原創的角色能夠自由發揮，所以我很喜歡那些角色。不過缺點就是很難被選擇畫成插圖。

是一篇能夠窺見宵待月乃遺留下的事物，與美九成長的故事。說個題外話，朝倉日依和宵待月乃兩人的名字當中「朝、宵」「日、月」各為相對的字詞。搞不好日依出道時，是以月乃的名字來取名的。

○懲罰士織

這篇短編的主角竟然是士織美眉。士道已經踏入了無法回頭的境地，這種感覺十分強烈。從自然而然加上「美眉」這一點來看，就知道病灶早已根深蒂固。

用一句話來歸納的話，就是「如果士織美眉來學校會怎樣」。由於很難得有機會描寫這個故事，所以我記得當時很煩惱要怎麼取捨學校的活動，不過，只有公車裡折紙的場景好像是一開始就決定好了。少了那個怎麼行啊，她可是折紙耶。

○教學七罪

嗨，各位，NATSUMI。因此這次短篇的主角是七罪。要說哪裡有看頭呢，就是女教師裝扮的大人版七罪，以及用〈贗造魔女〉變身成大人的四糸乃。四糸乃……竟然長成那麼大。因為〈贗造魔女〉的能力終究是「變身」而不是「成長」，所以那副模樣是七罪腦袋裡所描繪的大人四糸乃。另外，這次不知不覺讓班上的同學，尤其是亞衣、麻衣、美衣大肆活躍。沒想到我竟然會再次提到那三人的家族哏。

○調查員真那

終於出現了，以真那為主的短篇。可以看見難得把頭髮放下來的真那，看起來很像士織美眉呢。不愧是姊妹，不對，是兄妹。

是描寫很有男子氣概的真那，簡稱男真那的故事。由於真那的兄妹愛比海還要深，所以連士道船長都能接受。以後有機會的話，想描寫士織和真那上街購物的故事，有人想看嗎？

○約會貓咖啡

這是在Amazon購買全套特典附送的短篇故事。描寫狂三不為人知的假日喵（Nya）。本來想

在語尾加上「Nyo」的，但感覺好像會遊走在危險邊緣，最後還是作罷喵。

○聖誕快樂精靈

這是未公開新稿之一。沒錯，這次的新稿有兩篇。真是豪華！

如篇名所示，是描寫聖誕節的故事。大家各自寫上自己想要的禮物，不過，夕弦會想要數位相機，究竟是受了誰的影響呢？另外，喜歡士道和喜歡美少女的美九竟然可以同時得到這兩樣禮物，美九真是太會精打細算了。

○聖誕老人狂三

未公開新稿之二。在「約會貓咖啡」的時候也是一樣，短篇裡的狂三未免太被分身小看了。

話雖如此，我很喜歡迷上各種打扮時期的分身。大概再來一名個性強烈的分身就能組成狂三四天王了吧。呵呵呵……眼罩狂三被打敗了嗎？不過，那傢伙是我們當中最弱的一個……我想說到這裡，狂三本體就會強制她們退場了吧。

然後，聖誕節過後的十二月二十六日，即將發售犬威赤彥老師畫的漫畫版《約會大作戰DATE A LIVE　末路人十香》第三集！請各位務必支持！由於是最後一集，有興趣的讀者請連第一、二集也一起打包！

那麼，本書這次依然在多方人士的幫忙之下才得以完成。

負責插畫的つなこ老師、責任編輯、美編和編輯部的各位、出版、通路、販賣相關人員，以及現在拿起這本書閱讀的各位讀者，真的非常感謝你們。

下次如果能在《約會大作戰DATE A LIVE 12》相會，將是我莫大的榮幸。

二〇一四年十一月　橘　公司

Kadokawa Light Novels

今日開始兼職四天王！ 1 待續

作者：高遠豹介　插畫：こーた

勇者（校園偶像）VS.魔王（青梅竹馬），
為了阻止兩人戰鬥，我只好開始兼職四天王……？

初島理央開始了網路遊戲「勇魔戰爭ONLINE」，成為校園偶像的勇者宇留野麻未之親衛隊。後來他意外得知青梅竹馬早坂亞梨沙是魔王！於是又偷偷創新角，成為保護魔王的四天王。為了守護可愛的勇者＆魔王，理央必須一人分飾兩角，妨礙兩人戰鬥……？

NT$200/HK$60

台灣角川

Kadokawa Light Novels

我的校園生活才正要開始！

作者：岡本タクヤ　插畫：のん

「高橋社」的
校園支配計畫即將啟動……!?

在高二的某一天，黑心美少女佐藤找上了高橋，她為了當上學生會長而要求高橋善用他的才能暗中活動。高橋因此得到了一個為此特地成立的冒牌社團「高橋社」。高橋能否揮別黑暗的過去迎接光輝洋溢的校園生活？無關愛情與友情的失序校園喜劇就此展開！

國家圖書館出版品預行編目資料

約會大作戰DATE A LIVE安可短篇集 / 橘公司作 ; Q太郎譯. -- 初版. -- 臺北市 : 臺灣角川, 2014.03-
冊 ; 公分
譯自 : デート・ア・ライブ アンコール
ISBN 978-986-325-856-8(平裝). --
ISBN 978-986-366-311-9(第2冊 : 平裝). --
ISBN 978-986-366-607-3(第3冊 : 平裝)

861.57　　103001858

Kadokawa
Fantastic
Novels

約會大作戰DATE A LIVE 安可短篇集 3

（原著名：デート・ア・ライブ　アンコール 3）

2015年8月6日　初版第1刷發行
2024年2月2日　初版第6刷發行

作　者：橘公司
插　畫：つなこ
譯　者：Q太郎

發行人：台灣角川股份有限公司
總　監：呂慧君
總編輯：蔡佩芬
主　編：林秀儒
編　輯：孫千棻
設計指導：陳晞叡
美術設計：吳佳昀
印　務：李明修（主任）、張加恩（主任）、張凱棋

發行所：台灣角川股份有限公司
地　址：104台北市中山區松江路223號3樓
電　話：（02）2515-3000
傳　真：（02）2515-0033
網　址：www.kadokawa.com.tw
劃撥帳戶：台灣角川股份有限公司
劃撥帳號：19487412
法律顧問：有澤法律事務所
製　版：巨茂科技印刷有限公司
ISBN：978-986-366-607-3